Pariser Geschichten

Gewidmet meinen Eltern

Pauline und Lambert Spohn

Günter Bürk

Pariser Geschichten

Bibliografische Information der Deutschen Nationalbibliothek:
Die Deutsche Nationalbibliothek verzeichnet diese Publikation in der Deutschen
Nationalbibliografie; detaillierte bibliografische Daten sind im Internet über
< http: // dnb.d-nb.de > abrufbar.

© 2007 Günter Bürk

Satz, Umschlagdesign, Herstellung und Verlag:
Books on Demand GmbH, Norderstedt

ISBN 978-3-8334-8793-4

Inhalt

Ein Reporter in Paris

Das Flugzeug senkte sich auf den Flughafen von Paris nieder und rollte aus. Die Fluggäste lösten ihre Gurte, standen auf und nahmen ihr Handgepäck. Hansi tat dasselbe. Er stand hinter einer jungen hochgewachsenen Frau, von der er sofort fasziniert war. Er ließ sie etwa einen Meter vorgehen, um von ihr einen Gesamteindruck zu gewinnen. Bei ihr schien alles zu stimmen, wenigstens von hinten. Sie hatte lange, traumhaft geformte Beine, die unten in Schuhen mit hohen Absätzen endeten. Der Rock ihres Kostüms war sehr kurz und begünstigte alles vorteilhaft.

Einen Begleiter hatte sie nicht dabei. Hansi ging einen Schritt vor und stand nun direkt hinter ihr, dabei stieß er sie versehentlich – absichtlich – an, was vorkommen kann. Er entschuldigte sich. Sie drehte sich langsam um und zeigte ihm ihr wundervolles Gesicht. Beinahe wäre ihm aus dem Mund gerutscht: „Die ist ja toll!"

Sicher hatte sie seinen Trick erkannt, denn langsam und mit einem spöttischen Lächeln im Gesicht drehte sie ihren Kopf wieder nach vorne. Federnd ging sie die Treppe hinunter. Sie wählte die linke Abfertigung. Hansi auch. Einmal sprang sie kurz einige Meter, galant wie ein Reh. Hansi blieb ihr auf den Fersen. Wer würde sie abholen? Sicher ihr Freund? Vielleicht auch ihre Mutter oder eine Freundin? Diese wunderschöne Frau machte Hansi neugierig.

Plötzlich formte sich ein Menschenauflauf und die Schöne war weg. Na, dachte Hansi, Paris fängt ja gut an.

In der Redaktion, für die Hansi arbeitete – er schrieb Reportagen über Kleintierzuchtvereine und Ähnliches –, war wegen Krankheit ein Kollege ausgefallen. Für diesen war fest ein Flug nach Paris gebucht, mit achttägigem Hotelaufenthalt. Als Ersatz sollte er einspringen. Der völlig unvorbereitete Hansi wollte wissen, worüber er schreiben solle. Man zuckte mit den Schultern und meinte grinsend, einfach Eindrücke sammeln. Man nahm ihn nicht ernst. Nun, sein Kollege war krank geworden und die

Buchungen waren fest getätigt. Diesem Umstand verdankte Hansi seinen Aufenthalt in Paris.

Was sollte er schreiben? Über Baulichkeiten zu schreiben, lag ihm nicht, und die Schöne war weg. Nur keine Panik, dachte er. Gestern, am Sonntag, sei er angekommen und die Woche beginne erst. Was solle schon schief gehen? Sein Auftraggeber würde sich – egal, was er schreibe – doch nur darüber amüsieren. Eindrücke sammeln, wurde ihm gesagt. Hansi musste kichern.

Den ganzen Tag über schlenderte er den Champs Élysées auf und ab sowie an der Seine entlang, bis er Hunger bekam. Er war schon öfter in Paris und kannte sich gut aus. In einem Bezirk fühlte er sich wie zu Hause. Er sprach gut französisch. Sein Auftraggeber wusste das. Sicherlich hatte dies seine Reise nach Paris begünstigt.

Er ging in sein Lieblingsrestaurant. Als er sich an einen Tisch in der Nähe der Theke setzen wollte, entdeckte ihn Pierre, der Kellner. Er führte ihn am Arm zu einem Tischchen am Fenster. Dort war früher immer sein Platz. Pierre deutete auf die Nummer vier der Speisekarte. Gefüllte Entenbrust hatte er hier immer gegessen. Auch das hatte sich Pierre gemerkt. Wahrscheinlich auch das gute Trinkgeld.

In den meisten Pariser Restaurants wird selten etwas verändert. Das gilt auch im Großen und Ganzen für das Stadtbild. Kommt man wieder nach Paris, ist einem diese Stadt sofort wieder vertraut und Erinnerungen stellen sich ein.

Hansi war gerade mit seiner gefüllten Entenbrust fertig, als der kleine Nebentisch auch Besuch bekam, und zwar von einem etwas ungleichen Paar. Der Herr war ziemlich dick, mittelgroß und etwa sechzig Jahre alt. Ihm fehlte der Hals. Seine Begleiterin war etwa dreißig Jahre alt, schwarzhaarig und gut aussehend.

Wenn Hansi alleine am Tisch saß, hatte er immer eine Zeitung vor sich liegen und tat als ob. Er stützte seine Arme auf den Tisch und legte seine gespreizten Finger vor die Augen, dabei schaute er mit gesenktem Kopf interessiert in die Zeitung. In Wirklichkeit beobachtete er durch die gespreizten Finger sein Umfeld.

Die beiden mussten sich schon lange kennen, aber selten sehen. Er benahm sich sehr galant, als hätte er sie soeben erst kennen gelernt. Sie war

Pariserin. Er zweifelsfrei Amerikaner. Sie sprachen betont leise. Vielleicht wollten sie den Zeitungsleser von nebenan nicht stören? Pierre brachte ihnen eine Flasche Champagner. Daraufhin wurde die Unterhaltung verständlicher.

Sie bedankte sich bei ihm für das wunderschöne Geschenk. Dabei deutete sie mit ihrem rechten Zeigefinger auf die lange Kette am Hals. Scheinheilig sagte sie zu ihm, obwohl sie sicherlich ein schönes Geschenk erwartet hatte, sie könne doch diese schöne Kette nicht annehmen. Dann legte sie ihre beiden Hände in seine. Sie stellte ihren Kopf leicht schräg und schaute ihn mit Augenaufschlag an.

Er wurde verlegen. Er wirkte geziert und unbeholfen. Dann genoss er seine Großzügigkeit, vielleicht wie früher, als er seine Kinder unter dem Weihnachtsbaum beschenkte.

Pierre brachte die zweite Flasche Champagner. Der kleine Tisch war überladen mit Schüsselchen und Schälchen. Der Amerikaner streichelte hingebungsvoll die Hände seiner Freundin. Dann aber hatte er es plötzlich eilig. Von der zweiten Flasche Champagner wurde nichts mehr getrunken. Pierre musste die Rechnung machen. Sich immer wieder bedankend, lief er den beiden bis zum Ausgang nach.

Hansi dachte über seinen Pariser Auftrag nach. Eindrücke sammeln, lautete er. Könnte er über diese Episode schreiben? Er müsse es wohl oder übel tun, vielleicht mit etwas Firlefanz. Was sollte er sonst schreiben?

Pierre räumte das Tischchen ab. Außer der Flasche Champagner war auch einiges andere unberührt geblieben. Hansi bezahlte. Pierre hatte etwas Zeit und setzte sich zu ihm an das Tischchen.

„Was macht ihr mit der Flasche Champagner und mit den unberührten Leckerbissen?", wollte Hansi wissen. Pierre zuckte mit den Schultern und grinste. Dann fragte Hansi, ob dies alles für die Mülltonne sei. Pierre zuckte erneut mit den Schultern und grinste. Lachend und mit Handschlag verabschiedeten sie sich.

Draußen auf der Straße ging der Abend in die Nacht über. Die Straßenbeleuchtung brannte bereits. Es war Anfang September. Die Sonne schien den ganzen Tag über und es war noch angenehm warm. Jetzt begann die Zeit, die Hansi in Paris immer besonders liebte. Das Flanieren war ein Vergnügen. Er hatte den Eindruck, dass es den Parisern ebenso erging.

Madeleine fiel ihm ein. Sie hatte ihm auf seinen letzten Brief nicht geantwortet. Warum wohl? Fragen kann man ja, dachte er und ging in eine Telefonzelle. In seinem Notizbuch stand Madeleine unter seinen Freundinnen ziemlich weit oben.

Sie meldete sich sofort. Sie war überrascht, direkt erschrocken. Er sei nur drei Tage in Paris, log Hansi und fügte hinzu, er wolle sie unbedingt sehen.

Das ginge nicht, sie würde Besuch erwarten, war zu hören. Hansi war enttäuscht. Er setzte alles auf eine Karte und fragte zaghaft, ob sie ihrem Besuch nicht sagen könne, sie müsse einige Tage zu ihrer kranken Mutter.

Es folgte eine lange Pause, dann hörte Hansi hocherfreut: „Ja, so werde ich es machen."

Nur nicht mit der Konkurrenz kollidieren, dachte Hansi. Das passierte ihm einmal und es war sehr unangenehm. Als Treffpunkt vereinbarten sie ein Café. Hansi versprach, in einer Stunde dort zu sein.

„Oui, oui", hörte er, dann hängte Madeleine ein.

Für Hansi war alles klar. Er fuhr mit dem Taxi zum Hotel und holte sein Handköfferchen. Sein Auftraggeber hätte sich die Hotelkosten sparen können.

Im Café war Tanz. Es wurde ein lustiger Abend. Sie amüsierten sich, als gäbe es nur sie beide auf der Welt.

Am anderen Morgen erwachte Hansi gegen 10 Uhr. Madeleine war zur Arbeit gegangen. Sie arbeitete als Sekretärin bei einem Anwalt. Hansi hatte den ganzen Tag Zeit, seine Pariser Eindrücke niederzuschreiben.

Am Abend gingen sie zu Pierre. Hansi wollte Madeleine verwöhnen. Er war ein Typ, hatte er Geld, dann war etwas zu tun, hatte er kein Geld, dann wurde eben nichts getan. Im Moment war noch genügend Geld vorhanden.

Hansi aß wieder seine gefüllte Entenbrust. Madeleine verschiedenes Allerlei, dabei pickte sie wie ein Vögelchen mal da, mal dort. Sie war sehr zierlich. Am liebsten hätte Hansi sie in die Arme genommen und wie ein kleines Kind gefüttert.

Jeden Abend gingen sie woanders hin, dabei schrumpfte Hansis Spesengeld enorm. Madeleine war über die große Liebe von Hansi tief gerührt, der ihretwegen nicht am Mittwoch, sondern erst am Sonntag abreisen wollte und dadurch dringende geschäftliche Verpflichtungen in den Wind schlug.

Bekanntlich geht alles einmal zu Ende. Die acht Tage waren wie im Fluge vergangen und es kam der Abschied. Es war herzzerreißend.

Hansi war sich sicher, von Madeleine jetzt wieder Briefe zu bekommen. Beim letzten Kuss versprach er, bald wieder zu ihr zu kommen, bald wieder nach Paris.

Jeanette und Michel

Michel schaute auf seine Uhr. Es war kurz nach 17 Uhr. Seit einem halben Jahr, fast täglich zur gleichen Zeit, stand er wartend in der Tiefgarage neben dem Auto von Jeanette.

Jeanette hätte auch gerne, wie Michel, Medizin studiert. Sie machte aber eine Banklehre, weil es ihr Herr Papa so wollte. Studieren könne sie danach immer noch, meinte er, aber nur etwas, was seinem Unternehmen dienlich sei. Jeanette war sehr stolz auf ihren Papa. Er war ein bekannter Industrieller und hatte ein großes Elektronikunternehmen in Paris. Er stand auf der Sonnenseite des Lebens. Als seine Frau schwanger wurde, war er fest davon überzeugt, dass es ein Junge werden würde. Aber dem war nicht so, seine Frau gebar ein Mädchen – Jeanette. Dennoch liebte er seine Jeanette über alles. Alles, was sie sich wünschte, bekam sie. Erst kürzlich überraschte er sie mit einem kleinen englischen Sportwagen.

Jeanette war 18 Jahre alt und Michel 25. In Michels Leben verlief nicht alles nach Plan. Sein Vater war früh verstorben. Seine Mutter lebte von einer kleinen Rente. Eine Tante, der es finanziell besser ging, unterstützte ihn. Er kam aber dennoch gut über die Runden, denn nebenbei jobbte er in einem Pariser Krankenhaus und bei der Müllabfuhr. Bei der städtischen Müllabfuhr arbeitete er während der Semesterferien. In der Urlaubszeit war immer Personalmangel, deshalb wurde gut bezahlt. Dort war er bereits ein guter Bekannter. Er verstand sich mit den Kollegen sehr gut und die körperliche Tätigkeit machte ihm Spaß. In diesem Jahr ließ sich Michel in einen anderen Bezirk eintragen, so dass er Jeanette nie begegnen konnte.

Michel hatte einen wichtigen Tag in seinem Leben hinter sich gebracht. Er bestand sein Staatsexamen und gehörte zu den besten Absolventen. Er hatte schon immer gute Noten, aber das Verhältnis zu Jeanette spornte ihn noch mehr an.

Der späte Nachmittag war wunderschön. Die Sonne schien nicht mehr so warm. Auf dem Champs Élysées pulsierte der Autoverkehr, das Blut von

Paris. Jeanette kam pünktlich in die Tiefgarage. Sie kam mit Nicole, ihrer Freundin. Beiden gab Michel die Hand, dabei verfluchte er den kleinen Sportwagen. Michel war 1,85 Meter groß.

Der kleine Renault sei ein praktisches Auto für alle gewesen, sagte er. Jeanette lachte, zuckte mit den Schultern und gab ihm einen Kuss auf die Wange.

„Nun, was machen wir jetzt?", lautete die Frage.

„Ich will dich einladen", sagte Michel zu Jeanette. „Nicole natürlich auch", fügte er hinzu. Heute könne es kosten, was es wolle.

„Nanu", meinten die Damen. „Wer hat Geburtstag?"

Geburtstag habe man alle Jahre wieder in seinem Leben, aber ein Staatsexamen mache man nur ein Mal. Wie von der Kette gelassen, stürzten sich Jeanette und Nicole auf Michel, umarmten ihn und gratulierten.

„Schon gut, schon gut!" Michel winkte ab. Er befahl beiden, sie sollten zu „Peppo" fahren. Er würde mit der Metro nachkommen.

„Peppo" war ein kleines italienisches Restaurant im Außenbezirk. Es war romantisch eingerichtet. Dort gab es überwiegend nur kleine Tischchen, an denen höchstens vier Personen Platz fanden. Die Tischchen standen zudem in kleinen Nischen.

Jeanette war aufgrund ihrer Herkunft und Erziehung anders als die anderen Mädchen. Sie war ohne Geschwister aufgewachsen und kannte nur Liebe und Fürsorge. Sie wuchs in einem goldenen Käfig auf, aber es war doch ein Käfig. Michel war froh, dass Nicole ihre Freundin und Kollegin war, denn Nicole sah nicht alles so eng. Männern gegenüber war sie sehr beweglich. Seit Michel sie kannte, wechselte sie schon drei Mal den Freund.

Jeanette nahm Nicole öfter mit nach Hause. Danach schwärmte Nicole jedes Mal von der herrlichen Villa und dem wunderschönen Park. Nicole war äußerst ideenreich. Einmal schlug sie vor, bei einem nächsten Besuch Michel mitzunehmen und ihn als ihren Freund vorzustellen. Diese Rolle würde sie sicher einmalig gut spielen. Ein Verdacht, dass Jeanette Michel als Freund habe, könne somit nie aufkommen. Das sei doch logisch, meinte sie. Jeanette klatschte lachend in die Hände.

Für dieses Vorhaben war Michel jedoch nicht zu gewinnen. Er hasste den Vater von Jeanette. Bei einem Rendezvous sah Michel Jeanette einmal mit verweinten Augen. Ihr Vater sei erzürnt, sagte sie, weil sie bei einem Empfang seiner Geschäftsfreunde und deren Söhne nicht anwesend war. Michel zuckte es plötzlich durch den Kopf, dieser Halunke könnte seine Jeanette mit irgendeinem Kerl verkuppeln. Er wurde wütend vor Eifersucht. Nie, so schwor er sich, wollte er diesen Halunken sehen.

Einmal aber bot sich eine Möglichkeit. Michel war hin und her gerissen. Letztendlich entschloss er sich doch zu diesem Abenteuer.

Wegen einer Routineuntersuchung musste Jeanette zu einem Internisten. Ihr Vater brachte sie persönlich in die Praxis eines Professors. Michel kannte das Haus. Im letzten Jahr war er in diesem Bezirk mit der Müllabfuhr unterwegs. Der Termin war an einem Vormittag, das konnte er von Jeanette erfahren, die Uhrzeit jedoch nicht. An jenem Tag ging er nicht zur Vorlesung. Schon ab 8 Uhr morgens stand er gegenüber der Einfahrt in Lauerstellung. Es war ein sehr warmer Tag, dennoch lieh sich Michel einen langen Mantel. Auch hatte er sich Hut und Brille besorgt. Die Brille trug er ganz vorne auf der Nasenspitze. Er konnte somit gut über sie hinwegsehen. Es war unmöglich, ihn zu erkennen. Dann endlich, gegen 11 Uhr, fuhr ein großer Amischlitten in die Hofeinfahrt und hielt am hinteren Hauseingang. Der Chauffeur sprang heraus und öffnete die Tür. Es waren nur wenige Meter vom Auto zum Hauseingang, doch diese kurze Strecke genügte Michel, um sich ein Bild von dieser Person machen zu können. Er war sehr groß, breitschultrig, dick und lief majestätisch. Er war zweifellos jemand, der wusste, was er wert war. Michel war sprachlos. Als der Spuk vorbei war, starrte er ungläubig in den blauen Himmel. Er vergegenwärtigte sich noch einmal das eben Gesehene. Da stimmt doch etwas nicht, dachte er. Jeanette ist zierlich, dabei sehr gut proportioniert. Sie hat ein wunderschönes Gesicht. In ihrer Art ist sie zurückhaltend. Sie hat nichts Anmaßendes oder Aufdringliches. Nein, dachte er, diese Person kann unmöglich der Vater meiner Jeanette sein, es sei denn, die Natur hätte total verrückt gespielt oder die Mutter wäre sehr hübsch und Jeanette ihr Ebenbild.

Als Michel bei „Peppo" ankam, waren, wie vermutet, seine Gäste noch nicht da. Es geht nichts über die Metro, dachte er. Mit ziemlicher Verspätung kamen sie endlich an und schimpften auf den Autoverkehr.

Das Restaurant war gegenüber früheren Besuchen sehr gut belegt. Es spielte sogar eine Ein-Mann-Kapelle. Kellner Tino kam sofort. Er bedauerte, wegen einer Verlobungsfeier niemanden hereinlassen zu dürfen. Nicole schaute Tino an und zwinkerte mit ihren Augen. Jeanette hauchte ein kindliches „Bitte, Bitte". Tino konnte den beiden hübschen Mädchen nicht widerstehen. Er nahm Jeanette an die Hand und führte sie zu einem kleinen Tischchen. Die anderen folgten im Gänsemarsch. Bevor sie sich setzten, bemerkte Michel, dass sich ohne Frauen auf dieser Welt eben nichts bewege.

Es wurden Pizzen gewünscht. Darüber setzte sich Michel hinweg und bestellte eine Fischplatte für drei Personen und dazu drei Aperitifs. Jeanette trank ihren sehr langsam. Vielleicht war dies der erste in ihrem Leben?

Im Restaurant saß eine lustige italienische Gesellschaft. Der Musikant sang sentimentale Lieder. Man fühlte sich sofort zu Hause. Von der Theke bis zu den Toiletten erstreckte sich eine kleine Tanzfläche, auf der getanzt wurde. Ein kleiner Italiener kam zum Tischchen und holte Nicole zum Tanz. Michel tanzte mit Jeanette, denn ein anderer Italiener hatte sie bereits ins Visier genommen. Die Italiener mussten schon lange in Paris wohnen, denn sie sprachen recht gut französisch. Michel erinnerte sich, dass er mit einem Italiener bei der Müllabfuhr zusammengearbeitet hatte. Ängstlich schaute er sich um. Er war sichtlich erleichtert, denn keiner der Anwesenden sah seinem Kollegen ähnlich. Michel drückte Jeanette fest an sich. Sie tanzten eng umschlungen nach einem Lied, in dem viel *Amore* vorkam.

Musik verbindet. Immer wieder wurden Jeanette und Nicole zum Tanzen geholt. Michel revanchierte sich. Meistens war auf der kleinen Tanzfläche ein Menschenknäuel, aus dem Michel wie eine Bohnenstange herausragte.

Als die Fischplatte kam, gab es großes Staunen. Sie sah köstlich aus. Allen am kleinen Tischchen schmeckte es wunderbar. Jeanette und Nicole bezwangen ihre Portionen nicht ganz. Es war sehr reichlich serviert worden. Unter großem Gelächter vereinnahmte Michel das Übriggebliebene. Sein Teller lief über. Die beiden Mädchen wunderten sich, was alles in so einen langen Kerl hineinging.

Wenn er seinen Doktor gemacht habe, sagte Michel, würden sie hoch zum Montmartre gehen. Nicole fragte spitzbübisch, wann das sein würde?

Er meinte, es würde wieder eine Überraschung geben. Nach kurzer Pause fügte er hinzu, vielleicht schon sehr bald. Nicole nannte die Namen von zwei bekannten Restaurants, in denen immer sehr gute Kapellen spielen. Wenn es Nicole irgendwo gefiel, rauchte sie. Sie war aber nur Gelegenheitsraucherin. Jeanette rauchte nicht. Darüber war Michel sehr froh. Auch er war Nichtraucher.

Der kleine Italiener hatte es auf Nicole abgesehen. Sie war keine Spielverderberin und mischte kräftig mit. Ihr Verhalten musste er als Sympathie auffassen. Er war leicht beschwipst und in bester Laune. Nicole und Jeanette spendierte er ein leckeres Eis.

Nicole, die nicht das geringste Interesse an ihm hatte, spielte die Verliebte, wie nur sie es konnte. Sie trieb es etwas zu bunt. Jeanette tat der kleine Italiener leid und sie sagte dies auch Nicole. Wieso, meinte diese, der Abend sei doch gerade durch ihn so lustig.

Zwischenzeitlich war es 22 Uhr geworden, Zeit für Jeanette, ihre Mutter anzurufen. Immer wenn es etwas später wurde, war Nicole beim Telefonieren dabei und ließ einen Gruß ausrichten. Die Mutter wusste so ihre Tochter in Begleitung ihrer Freundin.

Das Restaurant leerte sich. Nur noch wenige Gäste waren da, darunter der kleine Italiener, der unermüdlich am Ball blieb.

Alle verabschiedeten sich mit Handschlag, wie dies bei guten Bekannten üblich ist.

Zu dritt waren sie gekommen, jetzt verließen sie zu viert das Restaurant, denn der kleine Italiener wich nicht von Nicoles Seite. Er legte seinen Arm um sie. Da dieser etwas kurz war, kam sie ihm bereitwillig entgegen. Es wurde noch viel gelacht.

In der Ferne sah Michel die Metrostation. Bis dorthin zählte er die Schritte. Ein schöner Abend ging zu Ende.

Am Parkplatz hinter einem Pinienbaum vergrub Michel seine Hände in Jeanettes Haaren und küsste sie auf den Mund. Er sei sehr glücklich, sagte er ihr. Dass sie es auch war, sagten ihm ihre Augen.

Jeanette und Nicole verabschiedeten den Italiener, der mit Michel zur Metrostation ging. Sicherlich brachte den kleinen Italiener in jener Nacht nicht nur Nicole, sondern auch Jeanettes Sportwagen um den restlichen Schlaf.

Der Sommer war sehr schön, tagsüber mit Großstadthitze, die zu Paris gehörte. Entsprechend leicht waren die Menschen gekleidet. Jeanette trug meistens ein kurzes Röckchen. Durch ihre plötzlich auftretenden Freudenausbrüche und ihre Unbekümmertheit wirkte sie oft wie ein kleines Mädchen. Michel ging in ihr auf. Sie wurde für ihn immer mehr das Wichtigste auf der Welt. Manchmal boxte sie mit ihm, dann schaute sie sich um – und wenn niemand in unmittelbarer Nähe stand, gab sie Michel einen Kuss. Sie sah in ihm mehr einen Bruder als einen Freund. Michel versuchte immer mehr, ihr Wesen zu ergründen, um ihr gerecht zu werden. Auf der einen Seite hatte Jeanette ihre lebenslustige Nicole und auf der anderen Seite den eher ruhigen Michel. Sie fühlte sich aber immer mehr zu Michel hingezogen. Auch ging sie öfter arglos mit Michel auf sein Zimmer. Er machte mit ihr seine Späße, bis sie lachend quietschte, dann aber warnend ihren Zeigefinger hob.

Jeanette liebte ihre kindliche Welt. Sie stand an der Schwelle eines ihr noch unbekannten Lebens. Michel spürte ihre Zaghaftigkeit. Was würde sein, wenn sie diese Schwelle übertreten hatte? Würde sie sich verändern? Wie würde sie ihm gegenüber empfinden? Michel dachte nachts lange über alles nach, er war in seinem Leben noch nie so verliebt. Alle seine vergangenen Liebschaften hatten das gleiche Schema. Jeanette war für ihn Neuland und das verunsicherte ihn. Er wünschte sich weiterhin Jeanettes warnenden Zeigefinger.

Seine schlummernde Sentimentalität erwachte und er dachte an seinen Blumenstock auf der Fensterbank. Seit er ihn hatte, blühte er. Er goss ihn täglich. Er würde mit Jeanette umgehen wie mit diesem Blumenstock. Jeanette müsse ewig blühen.

Für beide begann eine sehr schöne Zeit. Sie gingen oft ins Kino oder ins Theater. Seit Kurzem musste Jeanette das Taxi nehmen. Ihr Vater wollte es so. Es sei wegen des großen Autoverkehrs in der Stadt und wegen der Parkplatzsuche. Sehr oft war Nicole mit ihrem neuen Freund dabei. Jeanette meinte, er sei ihr erster Freund, den sie wirklich akzeptiere. Er war Bankfilialleiter in einem Pariser Stadtbezirk. Allerdings war er um Etliches älter als Nicole. Wenn die beiden Streit hatten, nannte Nicole ihn *Opa*.

Immer mehr suchten Jeanette und Michel das Alleinsein. Beide waren glücklich, wenn sie entlang der Seine oder in Parkanlagen spazieren gehen konnten. Dabei sprachen sie sehr wenig. Ihre Gefühle trainierten. Häufig besuchten sie auch Museen. Bilder von van Gogh betrachtete Jeanette immer sehr nachdenklich, vielleicht, weil sie dessen Biografie gut kannte.

Eine unglückliche Liebe eines Kollegen brachte Michels Inneres in Unruhe. Das Liebesverhältnis dieses Kollegen war nach über einem Jahr zu Ende gegangen. Michel bekam alles hautnah mit. Der Kollege liebte seine Freundin über alles. Sie waren nicht intim gewesen. Die Hochzeit sollte einmal der Höhepunkt sein. Er war sehr religiös, ein Romantiker und schrieb ihr Gedichte. Einmal nahm er Michel in ein Blumengeschäft mit und kaufte seiner Freundin einen Blumenstrauß. Dazu schrieb er ein Kärtchen und band es an den Strauß. Auf dem Kärtchen stand: „Meine liebste Francoise, wir beide haben einen Blumenstrauß gepflückt, der nie welken wird. Dein dich über alles liebender Gaspard."

Francoise fiel ihr Studium nicht leicht. Ein nicht mehr junger Assistent näherte sich ihr wie ein netter Verwandter, wie ein hilfreicher Cousin, und dann eines Tages – Peng!

Für Michels Kollegen brach eine Welt zusammen. Er beendete sein Studium in Paris. Sein Bruder holte ihn nach Grenoble zurück, in seine Heimatstadt. Nach langer Unterbrechung brachte er dort sein Studium zu Ende.

Michel war gespannt, wie lange Francoises neue Beziehung hielt. Sie hielt.

Der Assistent trug eine Nickelbrille, war mittelgroß und neigte zu einem Buckel. Sicherlich war er kein Frauentyp. Francoise dagegen war eine junge Schönheit. Ihr früherer Freund war groß, eine sympathische Erscheinung und sie passten sehr gut zusammen. Francoise schien unter der Trennung von Gaspard nicht zu leiden. Im Gegenteil, sie hatte ihre frühere Zurückhaltung abgelegt. Das Unbekümmerte, das Lebensfrohe des Assistenten schien auf sie übergegangen zu sein. Francoise hatte sich verändert.

Michel kam ins Grübeln. Was hatte Francoise verändert? Fühlt sich ein Mädchen mit ihrem Freund erst verbunden, wenn sie intim waren? Zweifellos, aber wenn diese Brücke geschlagen sei, würde erst die Bewährung der Liebe folgen. Francoise und ihr Assistent seien noch in der Bewährungsprobe. Gaspard hatte sich schon im Vorfeld die Bewährungsmöglichkeit vergeigt. Vielleicht war er ein Opfer seiner Erziehung?

Es gäbe nun mal viele Liebesstufen – die untere, die mittlere, die höchste – und dazwischen lägen unendlich viele Zwischenstufen, das zeige sich schon an den vielen Liebesromanen, die schon geschrieben worden seien und noch geschrieben würden. Er sei jedoch immer an der unteren Liebesstufe hängen geblieben. Aber jetzt sei er mit Jeanette über das Ziel hinausgeschossen. Er hätte zum ersten Mal die Gefühlswelt der großen Liebe kennen gelernt. Sie hätten somit die beste Chance, die Bewährungszeit gut zu überstehen. Zum Einstieg gehöre aber die Intimität als Bestätigung der Zusammengehörigkeit. Das sei natürlich, sei von der Natur gewollt.

Michel bewunderte seine Logik, aber bei Jeanette half sie ihm nicht viel weiter. Was sollte nun werden, wie sollte er es anfangen? Es fiel ihm das Sprichwort ein: „Kommt Zeit, kommt Rat!" Gerade dieser Gedanke brachte ihn wieder ins Gleichgewicht. Aber nicht lange. Was wäre, wenn Jeanettes Vater etwas von der Freundschaft seiner Tochter zu ihm, diesem Bettelstudenten, erfahren würde? Er würde Jeanette ans Ende der Welt bringen. Beiden würde nur eine schöne Romanze in Erinnerung bleiben.

Michel wurde von Angst gepeinigt. Seine Gedanken gerieten immer mehr in eine Sackgasse. Er bekam plötzlich große Angst, Jeanette zu verlieren. Überall lauerten Gefahren, er spürte es. Würde zukünftig seine Liebe zu Jeanette von dieser Angst begleitet sein? Sie wäre eine stets glimmende Glut in seinem Unterbewusstsein, sie würde seine Lebensfreude beeinträchtigen und ihn verunsichern. Er wollte aber doch so gerne den Überlegenen spielen, ein Bezugspunkt für Jeanette sein, wie es ihr Vater für sie war. Dies könne er jedoch unmöglich sein, wenn er sich durch Ängste schwäche.

Michel trottete vor sich hin. Er fühlte sich einsam. Immer müsse er alleine zurechtkommen. So sei es schon immer gewesen. Dann geriet er in Wut und er fragte sich fluchend, warum Jeanette keine Blumen- oder Schuhverkäuferin sei? Ihre Herkunft habe ihn von Anfang an verklemmt. Wer könne bloß an diesem Dilemma seinen Spaß haben? Sein guter Stern, an den er jetzt wieder fest glaubte, sicherlich nicht.

Jeanette wurde immer nachdenklicher und ruhiger. Michel versuchte, den vermehrt aufkommenden Leerlauf zu überspielen, dabei wirkte er verkrampft. Die selbstverständlichen Albernheiten, die beide manchmal für Ernst hielten, waren vorbei. Früher waren sie einfach da. Jetzt wären sie gewollt, künstlich und unglaubhaft gewesen. Es war Sand im Getriebe. Michel war noch nie in seinem Leben in einer solchen Situation. Er fühlte sich hilflos, lernte sich von einer anderen Seite kennen und erschrak. Ich bin dieser Aufgabe nicht gewachsen, ging es ihm durch den Kopf und er kämpfte gegen seine Tränen an. Er ging mit sich so weit, dass er meinte, Jeanette würde ihm in keiner Weise zustehen. Er bewunderte Nicoles Freund, der es verstand, für sie alles zu bedeuten. Er aber sei kein Kerl, das zeige sich jetzt.

Michel war nervös geworden. Seine Veränderung blieb Jeanette nicht verborgen. Für Michel stand nun fest, umgehend eine Aussprache herbeizuführen, um diesem Irrsinn ein Ende zu machen. Er musste Jeanette seine Ängste offenbaren, sich vielleicht ausweinen. Das entsprach zwar nicht dem starken Mann, den er so gerne spielen wollte, aber Liebe stellt oft manches auf den Kopf.

Zu dieser Aussprache kam es nicht mehr. An jenem Abend wollten beide ins Kino gehen. Jeanette war wieder mit dem Taxi gekommen. Als sie durch die Parkanlage kamen, hielt Michel ihre beiden Hände fest und sagte, er müsse mit ihr reden. Jeanette riss sich sofort los. Mit zitternder Stimme sagte sie zu ihm, er solle es bitte nicht sagen, sie spüre es, sie wisse es, er habe ein anderes Mädchen. Dann lief sie weinend aus der Parkanlage, überquerte die stark befahrene Straße und verschwand im Metrotunnel. Michel stand benommen da. Er begriff alles zu spät. Dann rannte er ihr nach und überquerte ebenfalls die Straße, ohne auf die hupenden Autos zu achten. Es war Feierabend. In der Metrostation herrschte ein großes Menschengedränge. Michel schob sich wie ein Irrer hindurch. Auf dem gegenüberliegenden Gleis meinte er, Jeanette gesehen zu haben. Er wollte über das Gleis springen. Ein Passant hielt ihn am Arm fest. Er riss sich los und rannte die Rolltreppe hoch. Bis zur Erschöpfung suchte er alle Gleise ab, doch Jeanette war nirgends zu sehen.

Es kamen vollbesetzte Züge. Die meisten Menschen strömten dem Ausgang zu und nahmen Michel in die Mitte. Oben liefen sie in alle

Richtungen auseinander. Michel stand alleine da. Er war verzweifelt, starrte vor sich hin und nahm sein Umfeld nicht mehr war. Selbst seine Mutter, hätte sie plötzlich vor ihm gestanden, hätte er verständnislos angesehen. Sie hätte ihn weder trösten noch ihm helfen können. Michel war nicht mehr aufnahmefähig. Er war wie gelähmt.

Langsam lief er weg, ziellos durch die große Stadt. Vor einer Telefonzelle blieb er stehen. Er wusste nicht, warum. Dann schaute er mit großen Augen auf die Telefonzelle. „Nicole!", sagte er mehrmals. Nicole konnte ihm bestimmt helfen. In seinem Notizblock suchte er nach ihrer Telefonnummer. Mit zitternder Hand verwählte er sich mehrmals, dann nahm Nicole den Hörer ab. Michel kam nicht zu Wort. Sie sagte spontan und in abweisendem Ton, sie habe eine Verabredung und übrigens sei sie für ihn nicht mehr zu sprechen. Sie hängte ein. Langsam glitt Michel der Hörer aus der Hand. Er pendelte an der Strippe hin und her. Er war wieder wie gelähmt.

An der Telefonzellentüre wurde geklopft, dann wurde sie geöffnet und eine Frau sagte schimpfend: „Sie sind ja total betrunken!"

Zwischenzeitlich war es dunkel geworden. Michel lief zu seinem Lieblingsplatz an der Seine, gegenüber von Notre Dame und setzte sich dort auf den Boden. Alles beruht doch nur auf einem Missverständnis, dachte er. Das gemeinsam Erlebte müsse sie wieder zusammenbringen. Oder würde sich Jeanette daran festbeißen, er habe ein anderes Mädchen? Ihre Enttäuschung müsse er verstehen. Jetzt tat sie Michel furchtbar leid. Er bedauerte, dass er so weit von Jeanette weg war und ihr nicht helfen konnte. Gerade dies machte für ihn alles noch schlimmer.

Was würde sein, wenn ihre Enttäuschung jeglichen Kontakt unmöglich mache? Dann würde ihr Vater wieder ihr einziger Bezugspunkt sein. Er würde über sie bestimmen können. Er würde sie mit einem anderen verkuppeln. Sie würde vielleicht glücklich sein. Zu diesem Glücklichsein habe er dann beigetragen, denn niemand könne gemeiner sein als er, der Liebe heuchelte und gleichzeitig ein anderes Liebesverhältnis zur sexuellen Befriedigung hatte. Ja, so würde sie denken. Alles ist aus! Jeanette könne nur noch in seinen Träumen weiterleben.

Ein Passagierschiff fuhr langsam vorüber. Es war bunt beleuchtet. Musik tönte herüber. Menschen lachten. Michel weinte.

22

Michel kam erst gegen Morgen in sein Quartier. Er wollte leise in sein Zimmer schleichen, doch seine Wirtin kam ihm besorgt entgegen und fragte, ob er krank sei. Er sehe sehr schlecht aus. Michel schüttelte den Kopf, doch ihre Fürsorge tat ihm gut. Er hatte plötzlich das Bedürfnis, mit jemandem zu reden, und sagte frei heraus, seine Freundin habe ihn verlassen. Die Wirtin lachte laut. Man merkte ihr an, dass sie mit allem gerechnet hatte, aber nicht mit dieser Antwort. Michel sah sehr mitgenommen aus, deshalb wurde die Wirtin gleich wieder ernst. Das sei doch nicht so schlimm, meinte sie. Liebe käme, Liebe ginge. Er sei so ein hübscher Kerl und würde gleich wieder eine Freundin finden. Oft sei die folgende Freundschaft sogar noch schöner. Ihre Weisheit konnte Michel nicht trösten.

Wann er das letzte Mal etwas gegessen habe, wollte die Wirtin wissen.

„Gestern früh", antwortete Michel.

Sie fragte weiter, wo er übernachtet habe.

„Nirgends", sagte Michel. Er sei die ganze Nacht herumgelaufen.

Die Wirtin strahlte Ruhe aus und gerade das brauchte er jetzt. Er kam sich wieder wie ein kleiner Junge vor, der von der Mutter ausgefragt wurde. Michel konnte sich keine bessere Wirtin wünschen. Sie war sehr verschwiegen und erzählte nie etwas über ihre Mieter, deshalb fiel es Michel nicht schwer, ihr seinen Kummer anzuvertrauen. Sie war 63 Jahre alt und brauchte zum Gehen einen Stock. Sie lebte von der Zimmervermietung. Vier Zimmer hatte sie an Studenten vermietet, mit denen Michel keinen Kontakt hatte. Ihr fünftes Zimmer war als Stundenzimmer reserviert.

Die Wirtin zog Michel am Arm in die Küche. Er musste sich an den Tisch setzen. Sie brachte ihm eine Schüssel kräftiger Fleischbrühe, in der reichlich Fleisch schwamm. Michel war völlig apathisch, stocherte mit dem Löffel in der Schüssel herum. Dann aber erwachte sein Appetit und die Wirtin schöpfte ihm nach. Zum Abschluss brachte sie ihm ein Stück Kuchen und sagte, diesen müsse er noch essen, dann ließe sie ihn in Ruhe.

Michel bedankte sich herzlich und sagte, er fühle sich bei ihr wie zu Hause. Dann ging er auf sein Zimmer.

Die kräftige Fleischbrühe hatte ihm gut getan. Er legte sich auf sein Bett, doch trotz seiner körperlichen Erschöpfung konnte er nicht einschlafen.

Alles drehte sich weiterhin um Jeanette. Was würde er morgen machen? Es würde ein trostloser Tag werden. Er musste Jeanette wiedersehen! Aber wie und wo? Natürlich in der Tiefgarage, wo denn sonst! Sie hatte dort immer den gleichen Parkplatz. Er schöpfte wieder Hoffnung, eine Art Euphorie überkam ihn. Morgen Abend würde er alles richtig stellen und er überlegte, wie es anstellen sollte. Er musste sofort zur Sache kommen, das Kernproblem angehen, sich nicht in Liebeserklärungen und dergleichen verlieren. Er würde sie an den Armen festhalten und ihr sagen, er habe furchtbare Angst sie zu verlieren. Das Drama eines Kollegen habe ihn völlig durcheinander gebracht. Er habe kein Verhältnis zu einem anderen Mädchen. Das sei purer Unsinn. Sie würde doch seine Liebe spüren. Er spüre auch, dass sie ihn noch liebe. Ja, genauso würde er es bringen! Das würde auf jedes Mädchen Eindruck machen, mit Sicherheit auch auf Jeanette.

Langsam löste sich seine innere Anspannung. Mit dem Gefühl, es würde alles sehr bald wieder gut werden, schlief er ein. Es wurde ein langer, traumloser Schlaf.

Am anderen Tag erwachte Michel erst gegen 12 Uhr, als seine Wirtin leise die Tür aufmachte, um nach ihm zu sehen.

Michel schaute unternehmungslustig aus dem Fenster. Strahlender Sonnenschein lag über Paris. Er fühlte sich nach dem langen Schlaf wie neu geboren.

Nach dem Duschen und Wechseln der Wäsche ging er energiegeladen zu seiner Wirtin und bedankte sich nochmals für den gestrigen Abend. Sie lud ihn zum Frühstück ein. Michel lehnte dankend ab, denn er wollte ein weiteres Gespräch über die ihn verlassen habende Freundin vermeiden. Beim nächsten Gespräch aber, so dachte er, könne er ihr berichten, dass mit seiner Freundin alles wieder in Ordnung sei. Michel verabschiedete sich von der Wirtin. Er wollte witzig sein und sagte zu ihr, er habe alles im Griff auf dem sinkenden Schiff. Beide lachten herzhaft.

Auf der Straße musste Michel an seine Mutter denken, die zu sagen pflegte, wenn er morgens überlebendig zur Schule ging: „Zufrieden mit dem Tag darf man nicht schon am Morgen sein. Man darf den Tag nicht vor dem Abend loben."

Michel wurde nachdenklich und bekam das Bedürfnis, seine Mutter anzurufen. Sie war zu Hause und hatte eine große Freude, ihren Jungen zu hören. Überall würde sie erzählen, ihr Junge sei schon ein halber Arzt, sagte sie lachend. Dann wurde sie ernst. Sie teilte ihm mit, dass der Landarzt Dr. H. bei einem Autounfall tödlich verunglückt sei. Es gab eine Pause. Michel war mit Dr. H. befreundet. Er hatte ihn nach dem Abitur überredet, Medizin zu studieren. Nachdenklich schaute Michel aus dem Telefonhäuschen in die Sonne. Seine Mutter meldete sich wieder. Sie meinte, vielleicht könne er später auch Landarzt werden, er wäre dann viel an der frischen Luft. Etwas benommen stimmte Michel seiner Mutter zu. Zum Schluss des Gespräches betonte sie mehrmals, er solle gut auf sich aufpassen.

Beim Schlendern durch Paris dachte er immer wieder an seine Mutter und an Dr. H. Der Arzt war erst 45 Jahre alt. Er war verheiratet, hatte zwei Kinder, einen Hund, zwei Katzen und auf einer Anhöhe ein schönes Haus mit großem Garten. So weit wollte er es im Leben auch einmal bringen.

Er hatte nun die Möglichkeit, die Zeit zu verträumen, dabei malte er sich seine Zukunft in den schönsten Farben aus. Sollte er einmal Landarzt werden und Jeanette seine Frau sein, dann würden sie jedes Jahr einen langen Urlaub in Paris verbringen. Sie würden ... sie würden – und, und, und ...

Michel konnte sich schnell begeistern, aber auch schnell wieder depressiv werden. Sein Sternzeichen war Zwilling. Es war ihm möglich, sich im Begeisterungstaumel in die höchsten Höhen zu katapultieren, bei einem Missgeschick aber auch von dort im Sturzflug wieder herunterzukommen.

Es war 14 Uhr. Erst 14 Uhr, dachte er. Er verspürte Hunger und aß ein Croissant. Seinen restlichen Hunger wollte er später stillen, zusammen mit Jeanette.

Um den Abend machte er sich keine Gedanken mehr. Die Begegnung würde in seinem Sinne ablaufen. Wenn er an Jeanette dachte, spürte er sie bereits in seinen Armen. Überlegenswert wäre nur, in welches Restaurant sie heute Abend gehen sollten.

Die Zeit schlich langsam dahin. Immer wieder schaute er auf die Uhr. Immer wieder lief er an der Großbank vorbei und schaute nach oben, wo Jeanette arbeitete, dann lief er zur Tiefgarage und freute sich, dass ihr Auto auf seinem Platz stand.

Sie hatte 16.30 Uhr Feierabend. Anschließend wurde noch etwas getratscht, so dass Jeanette immer kurz vor 17 Uhr an ihrem Auto war. Bei dem Wort „tratschen" kam ihm der Gedanke, Jeanette könne vielleicht Nicole mitbringen. Verdammt, schoss es ihm durch den Kopf, daran hatte er nicht gedacht. Sein Vorhaben bekam eine leichte Schlagseite.

Die Zeit schritt immer weiter voran. Wie sollte es weitergehen, wenn Nicole dabei wäre? Alles einfach verschieben? Auf keinen Fall! Michel unterdrückte seine Nervosität. Er versuchte, einen klaren Kopf zu behalten. Nach kurzer Überlegung sagte er sich, es wäre sogar gut, wenn Nicole mitkäme. Er würde in seiner Erregung beiden gegenüber alles ehrlich klarstellen. Absolute Ehrlichkeit überzeuge immer am besten. Wenn ihm dies gelänge, könnten sich die beiden auch nicht ins Wanken bringen. Die kleine Wolke über Paris verzog sich so schnell, wie sie gekommen war.

Es war jetzt 16.30 Uhr. Michel begann, die Minuten zu zählen. Seine Nervosität verstärkte sich. Wenn er nur schon eine halbe Stunde älter wäre, dachte er, dann sei alles ausgestanden.

Michel suchte sich eine günstige Position. Er fand sie hinter einem Lieferwagen. Er schritt die Strecke zu Jeanettes Auto ab. Es waren genau acht Schritte.

Plötzlich verdunkelte sich die Einfahrt der Tiefgarage. Ein Schwarm junger Mädchen betrat die Garage und bewegte sich auf das Auto von Jeanette zu. Michel sah alles verschwommen. Er hörte Stimmengewirr und Lachen. Es kam ihm vor, als würden sie eine Druckwelle auslösen, die ihn zum nächsten, dann zum übernächsten Auto zurückdrückte. In ihrer Mitte erkannte er kurz Jeanette. Sie schloss ihr Auto auf und stieg ein. Nicole stieg auf der anderen Seite ein. Anschließend schwärmten die Mädchen zu ihren Autos. Die Motoren heulten auf und kurz darauf war der Spuk vorbei.

Michel starrte auf den leeren Parkplatz und ging auf ihn zu. Er starrte auf ihn wie auf eine Grabstätte. Dann schaute er in Richtung Ausfahrt. Was nun? Wie vor den Kopf gestoßen stand er da. Das war inszeniert! Jeanette ahnte, dass er in der Tiefgarage auf sie warten würde. Sie will mich nie mehr wiedersehen, dachte er.

Für Michel folgte eine sehr schlimme Zeit. Er ging immer sehr spät in sein Quartier und verließ es sehr früh, damit er seiner Wirtin nicht begegnen konnte. Den frühen Morgen empfand er als besonders schlimm, wenn er aus dem Fenster in das alles gleich machende Grau schaute, in das er hinausgehen musste, wo ihn wieder ein langer Tag erwartete. Draußen begann für ihn das Umherirren bis zur Erschöpfung, um in der Nacht für einige Stunden einen traumlosen Schlaf zu bekommen.

Wie würde alles weitergehen? Nein, er wollte es nicht wissen. Er wünschte sich Ruhe, die er nicht finden konnte.

Liebevoll schaute er auf sein Bett, auf die schwere graue Decke, unter der er noch vor Kurzem zusammengerollt lag, die er sich immer über den Kopf zog, unter der er sich für einige Nachtstunden geborgen fühlte, einfach weg war. Kaum war er wach, quälten ihn wieder die verfluchten Gedanken, die sich nicht verdrängen ließen.

Er versuchte, seine Gedanken anderweitig zu beschäftigen, aber ein Buch zu lesen, war für ihn unmöglich.

Er begann, über sein Leben nachzudenken. Wie lief es bis jetzt, fragte er sich. Viele Wolken waren zwar immer am Himmel, aber von sehr viel Regen sei er verschont geblieben. Jetzt sei endlich einmal die strahlende Sonne hervorgekommen, aber sie habe nur kurze Zeit gestrahlt. Dunkle Wolken würden aufziehen, so dunkel, wie er sie noch nie gesehen habe. Sie würden Regen bringen. Dieser Regen würde nasskalt sein. Er spann seine Gedanken weiter, bis seine philosophische Ader aufbrach: Das Leben sei wie ein Tagesablauf. Die Glücklichen erlebten einen sonnigen Tag. Bei anderen sei der Tag verregnet. Für andere wiederum käme die ewige Nacht schon am Vormittag.

Es fiel ihm der Tod eines 16-jährigen Mädchens ein. Er hatte sie im Krankenhaus, in dem er als Aushilfe tätig war, bis zu ihrem Tode mit betreut. Zum ersten Mal war er beim Tode eines Menschen dabei. Der Tod dieses hübschen Mädchens hatte ihn sehr aufgewühlt. Alle, die dieses Mädchen betreuten, litten unter ihrem Tod. Sie wurde liebevoll im Sterbezimmer aufgebahrt. Man hatte Blumensträuße aufgestellt. Einige Rosen lagen in ihrem Sarg. Die Schwestern hatten alles sehr schön ausgerichtet. Sicher suchten sie dabei Trost. Michel bereute es später, sie dort noch einmal aufgesucht zu haben. Ihr Gesicht konnte er nicht mehr vergessen. Es erschien immer wieder in seinen Träumen.

Im Korridor wurde er von der trauernden Mutter angesprochen. Sie hielt ihn für einen Arzt. Sie hatte das Bedürfnis, mit jemandem zu reden. Sie war alleine. Vielleicht war sie Witwe oder geschieden? Vielleicht war es ihr einziges Kind? Michel brauchte dieses Gespräch. Wahrscheinlich hatten sich beide dabei aufgerichtet.

Damals kamen bei ihm Zweifel auf, ob der Arztberuf für ihn das Richtige sei. Dieser Todesfall hatte ihn sehr erschüttert. Vielleicht hätte er Bauingenieur werden sollen? In diesem Tätigkeitsfeld gäbe es solche Begebenheiten nicht, die nachdenklich machten und die einen in ihren Strudel ziehen konnten.

Ein Lächeln huschte über sein Gesicht, als er an seine Tätigkeit bei der Müllabfuhr von Paris dachte. Sie hatte etwas Befreiendes. Es wurde dabei an nichts gedacht. Alles war Routine. Man sprang vom Trittbrett, schnappte sich den vollen Container und knallte ihn wieder entleert auf den Trottoir. Kam ein schönes Mädchen vorbei, grölten alle. Man lachte und machte seine Witze. Es war wie auf dem Jahrmarkt beim Auf- und Abspringen am fahrenden Karussell. Gearbeitet wurde immer frühmorgens. Die ersten Stunden in Paris gehören der Müllabfuhr.

Keiner war mehr als der andere. Das formte eine Gemeinschaft. War einer erkältet, wurden ihm die leichteren Arbeiten überlassen. Es gab keine Drückeberger. Wenn es welche versuchten, waren sie schnell auf Vordermann gebracht oder nicht lange in der Gruppe. Gab es Streit, so war dieser lautstark, aber gleich wieder vorbei. Alle waren soweit zufrieden. Sie kannten nichts anderes und machten keinen unglücklichen Eindruck.

Michel konnte Gaspards Kummer nachempfinden. Auch er ließ seine Weiterbildung an der Universität ruhen.

Täglich lief er kreuz und quer durch Paris. Wenn er sehr müde war, setzte er sich auf eine Bank und schlief meistens für kurze Zeit ein. Abends, immer zur gleichen Zeit, ging er in die Tiefgarage. Immer zur gleichen Zeit kamen Jeanette und die Mädchen. Erst wenn Jeanette im Auto saß, gingen die Mädchen zu ihren Autos.

Eines Abends hatte sein Besuch in der Tiefgarage Folgen. Zwei Polizisten und der Hausdetektiv standen plötzlich vor ihm. Es begann ein Verhör. Sie wollten seine Papiere sehen. Ein Polizist tastete seinen Körper ab, ob er Einbruchwerkzeuge oder gar noch etwas Schlimmeres bei sich habe. Auf Michel deutend, sagte der Hausdetektiv zu den Polizisten, jeden Abend würde dieser Kerl hier um die Autos schleichen. Beschädigungen habe er jedoch nirgends entdeckt.

„Komisch! Sehr eigenartig!", meinte der jüngere Polizist. Er tippte sich mit dem Finger an den Kopf und meinte, vielleicht habe dieser da einen Vogel? Michel sagte nichts. Er schaute immerzu auf den leeren Parkplatz.

Was er abends in der Tiefgarage zu suchen habe, fragte ihn der ältere Polizist jetzt sehr energisch. Wenn er sich nicht sofort äußern würde, müssten sie ihn mit auf die Wache nehmen. Nach einer Pause sagte Michel ziemlich kleinlaut, seine Freundin habe ihn verlassen, und er zeigte mit der Hand auf den leeren Parkplatz. Dort würde sie immer parken. Abends wolle er sie hier nur sehen. Der Detektiv und die Polizisten wurden nachdenklich. Es gäbe doch noch mehr hübsche Mädchen in Paris, meinte der jüngere Polizist und deutete lachend auf einige vorbeigehende Mädchen, die sich etwas verwundert umdrehten. Was seine Augen sehen würden, müssten doch auch andere Augen sehen, fügte er hinzu.

Michel schaute auf den Boden. Er fühlte sich schwach. Ihm kam es vor, als träume er. Der ältere Polizist zeigte sich sehr mitfühlend. Er gab Michel zum Abschied die Hand und sagte, bis über seinen Liebeskummer Gras gewachsen sei, könne er weiterhin hier abends seine Freundin besuchen. Dann gingen sie. Michel war wieder alleine.

Er stand ratlos auf dem Champs Élysées. Er lief in Richtung Arc de Triomphe, vielleicht deshalb, weil dies der Heimweg von Jeanette war. Für einen Augenblick blieb er stehen. Er dachte, vielleicht morgens in die Tiefgarage zu gehen. Er verwarf aber sofort wieder diesen Gedanken, denn der Arbeitsbeginn war immer von großer Hektik begleitet.

Die Sonne konnte täglich noch so schön scheinen, die Tage waren für Michel trübe und grau. Er sah alles wie durch eine getönte Scheibe. Erst abends wurde sein Kopf klarer. Er freute sich auf die Tiefgarage und die Nacht. Nie hatte er die Nächte so lieb gewonnen wie in jener Zeit. Sie gaben ihm Geborgenheit. Ein Gefühl, immer im wärmenden Nebel zu gehen, der ihm nur ein begrenztes Sehfeld erlaubte.

Gelegentlich blieb er stehen, dann öffnete sich die Nebelwand etwas. Er sah ein beleuchtetes Restaurant. In einer Seitengasse eine schwarze Katze. Paris fand er wunderbar, bei Nacht noch viel schöner als bei Tage. Er stellte sich vor, er wäre nicht alleine, Jeanette wäre bei ihm, *seine* Jeanette.

Als er in die Avenue Montaigne einbog, wurde er am Arm festgehalten. Es war Bernard, ein Studienkollege. Beide schauten sich überrascht an. Bernard fragte aufgeregt, ob etwas passiert sei. Er habe ihn vermisst. Michel schwieg. Ziemlich aufgeregt redete Bernard auf Michel ein, der schließlich langsam und mit Unterbrechungen sein Missgeschick erzählte.

Der stark veränderte Michel machte Bernard Sorgen. Während des Gesprächs blieb Bernard immer mal wieder stehen. Dann lief er nervös weiter, um dann wieder abrupt stehen zu bleiben. Michel benahm sich wie ein müdes Hündchen, das nicht an der Leine war, sich aber ganz nach seinem Herrn richtete. Er blieb stehen oder trottete langsamer oder schneller mit. Als Bernard erneut stehen blieb, sagte er zu Michel, es könne ihm nur ein Psychologe helfen, und er fügte lächelnd hinzu, leider sei er auch darin eine totale Niete. Er spielte dabei auf sein knapp bestandenes Examen an, das er nur mit Michels Hilfe geschafft hatte. Michel lächelte mal wieder. Die Nacht mit einem guten Freund tat ihm gut.

Beide gingen zur Metrostation. Michel fragte nicht, wohin die Reise ging. Er lief einfach mit. Vor einem älteren Eckhaus ließ Bernard die Katze aus dem Sack. Er erklärte Michel, er habe einen guten Freund, der Psychologie studiere. Dieser habe bereits 15 Semester auf dem Buckel. Nächstes Jahr müsse er aber seinen Abschluss machen, denn sein Vater wolle nicht mehr weiter bezahlen. Dieser Student habe ein kluges Köpfchen, aber nur, wenn er nicht zu viel getrunken habe.

Sie gingen in das Haus und stiegen hoch zum letzten Stock. An der Zimmertüre des Studenten hing ein Zettel: „Bin Parterre!" Er war unten in der Kneipe.

Die Kneipe war zum Bersten voll. Viele standen an der Theke. Es war sehr laut. Bernard ging zielstrebig auf ein Tischchen zu, an dem der

Psychologe saß. Er hatte eine Zeitschrift und zwei Bücher vor sich liegen. Man begrüßte sich.

Michel schaute skeptisch seinen Psychologen an. Er war spindeldürr, sehr groß, trug eine Nickelbrille und war fast kahlköpfig. Er hatte eine Ähnlichkeit mit Francoises Assistenten.

Sie setzten sich zu dem Psychologen. Unaufgefordert brachte die Kneipenwirtin, eine etwas dralle Vierzigerin in eng anliegendem kurzen Rock, Gläser, eine Karaffe mit Rotwein und dazu ein Körbchen mit Weißbrot.

Bernard ging zunächst nicht auf das eigentliche Anliegen ein. Erst nach dem zweiten Glas Wein kam er zur Sache. Der Psychologe, der einen schläfrigen Eindruck machte, öffnete nun seine Augen. In Gedanken schob er seine beiden Bücher mit dem Ellbogen zur Seite. Sie wären vom Tisch gefallen, wenn nicht augenblicklich Bernard zugegriffen hätte.

Michels Geschichte fand der Psychologe sehr interessant. Dabei schaute er etwas traurig in die Runde. Das sei ja eine filmreife Story, meinte er. Dann wollte er Näheres von Michel wissen, Intimitäten und andere Details. Intimitäten habe es nicht gegeben. Sie hätten sich sehr geliebt, sagte Michel. Dann sei es eine platonische Liebe gewesen. „Das ist ja pervers!", meinte der Psychologe.

Es kam zu einem nachdenklichen Schweigen. Die Wirtin brachte eine weitere Karaffe mit Rotwein. Der Psychologe ergriff das Wort und bat Michel, alles von Anfang an zu erzählen. Michel schaute in sein Weinglas, er hatte dabei seinen Kopf auf beide Arme gestützt und erzählte. Dabei erlebte er alles noch einmal und empfand auch alles noch einmal. Er spürte, wie sich sein trauriges Herz erleichterte. Dankbar schaute er den Psychologen an. Er dachte, dies sei ein sehr guter Psychologe.

Der Psychologe genoss das ihm entgegengebrachte Vertrauen. Er lehnte sich zurück und trank sein Glas Wein in einem Zug aus.

Die Wirtin schien auch hinten Augen zu haben. Es waren immer Wein und Brot auf dem Tisch.

Nachdem der Psychologe alles über Jeanette wusste, setzte er sich nachdenklich mit ihrer Psyche auseinander. Er bedauerte, dass statt ihrer nun Michel am Tisch saß.

Manches hatte Michel sehr plastisch erzählt. Er schilderte ihre Schönheit, dabei hatte er nicht vergessen, ihre gute Figur, ihre schönen Augen und Haare zu erwähnen.

Der Psychologe machte einen nervösen Eindruck und rauchte eine Zigarette nach der anderen. Zweifellos brachte er Jeanette immer mehr Sympathien entgegen.

Nach einer Pause holte der Psychologe tief Luft. Er drückte seine Zigarette aus. Langsam, immer wieder Pausen einlegend, sprach er auf Michel ein. Er schaute ihm ernst in die Augen. Man hätte meinen können, er sei erzürnt. Er spielte auf Jeanettes warnenden Zeigefinger an. Jeanette sei in jeder Hinsicht ein noch unerfahrenes Mädchen, das zu jedermann Vertrauen habe. Nicht zuletzt sei dies auf ihr gutes Elternhaus zurückzuführen, auf ihr väterliches Vorbild. Er schaute Michel verächtlich an, stand auf und zeigte mit seinem Finger auf ihn. Er sprach, Michel habe nicht das geringste Einfühlungsvermögen gezeigt, kein vernünftiges Gespräch auf die Beine gebracht, und in seiner Verachtung fügte er hinzu, was ein Mensch nun mal nicht habe, könne er auch nicht geben. Michel habe diesem jungen hübschen Mädchen das Vertrauen zu Männern genommen. Gerade dies, meinte der Psychologe, würde ihn sehr traurig stimmen. Er setzte sich. Ziemlich leise, mit ergriffener Stimme sagte er, Jeanette würde ihm in tiefstem Herzen leid tun, sie müsse sich jetzt unendlich einsam und verwirrt fühlen.

Bernard warf dem Psychologen einen bösen Blick zu und stieß ihn unter dem Tisch mit dem Fuß an. Michel schaute trostlos in sein Weinglas. Er zitterte am ganzen Körper. Die Wirtin brachte wieder Wein und Brot.

Langsam beruhigte sich der Psychologe. Er war stark angetrunken. Es hätte alles noch viel schlimmer kommen können, meinte er. Der warnende Zeigefinger von Jeanette habe vielleicht das Schlimmste verhindert. Er schaute wiederum Michel böse an. Jeanette hätte ihren Vater nie enttäuschen können. Was würden sehr oft Mädchen in einer hilflosen Lage tun, wenn sie sich nicht mehr zurechtfänden, wenn sie gar noch ein Kind unter dem Herzen trügen? Sie kletterten auf eine Brücke und stürzten sich in die Seine.

Für Michel war dies zu viel. Er verlor jegliche Beherrschung. Wie von einer Natter gebissen, schnellte er hoch. Mit zitternden Händen hielt er sich an den Ecken des Tischchens fest und schrie hysterisch: „Nein! Nein! Nein!"

In der Kneipe war es augenblicklich kirchenstill. Langsam erhob sich der Psychologe. Er und Michel standen sich gegenüber. In der kleinen verrauchten Kneipe wirkte diese Szene gespenstisch. Der Psychologe legte behutsam seine beiden Hände auf Michels Schultern und drückte ihn sanft auf den Stuhl zurück. Mit beruhigender Stimme sagte er zu ihm, Jeanette lebe ja noch.

Der Psychologe rief nach der Wirtin und bat um die Rechnung. Mit ausgebreiteten Armen sagte er zu ihr, dies hier seien seine Freunde. Sie solle die Zeche auf seinen Namen anschreiben. Die Wirtin lächelte und schüttelte den Kopf. Es kam keine Verlegenheit auf. Alle waren betrunken. Michel schob ihr sein Portemonnaie zu, doch Bernard bezahlte die Rechnung aus seiner Tasche.

Ohne es in seiner Nervosität wahrgenommen zu haben, hatte Michel ständig an seinem Weinglas, das immer nachgefüllt wurde, genippt. So viel Alkohol war er nicht gewöhnt. Es kam, wie es kommen musste. Als sie gehen wollten, kam er immer nur kurz von seinem Stuhl hoch. Zwei Gäste an der Theke zeigten hierfür volles Verständnis. Sie nahmen Michel in ihre Mitte. Der Psychologe machte schwankend mit dem Daumen ein Zeichen nach oben. Die Wirtin machte die Türe auf und schob als Letzten den Psychologen hinaus.

Gegen Mittag erwachte Michel in einer geräumigen Dachkammer. Er lag angezogen auf einer Chaiselongue und war mit einer Decke zugedeckt. Geistesabwesend starrte er lange nach oben, dann bemerkte er Wandregale mit Büchern, ein Giebelfenster, vor dem ein leeres Bett stand. Aus allem konnte er sich keinen Reim machen.

Sichtlich benommen quälte er sich auf die Beine, suchte nach seiner Jacke und dachte nur daran, schnellstens aus dieser unbekannten Dachkammer zu verschwinden. Als er die Türe aufmachte, um hinauszugehen, stand der Psychologe vor ihm und wollte herein. Er hatte zwei Tüten in der Hand und schob Michel zurück in die Kammer. Erst jetzt fiel Michel der gestrige schreckliche Abend wieder ein. Der Psychologe, den er hasste, stand vor ihm. Jetzt nur keinen Streit anfangen, dachte Michel, sondern unter einem Vorwand schnellstens abhauen.

Der Psychologe ahnte, was in Michels Kopf vorging. Er sagte in ruhigem Ton, wie am gestrigen Abend, als er seine Hände auf Michels Schultern legte, er solle ihm doch bitte die Freude machen und erst gehen, wenn er sich gestärkt habe. Der Psychologe hatte etwas Flehentliches in seinem Gesicht. Michel setzte sich. Beide sprachen nicht. Der Psychologe kochte Kaffee. Dann legte er ein Tischtuch auf den Tisch und einen großen Teller mit Wurst, Käse und Butter. Hinzu kam noch ein frisches Baguette. Man hätte meinen können, es hätte jemand Geburtstag.

Der Psychologe entschuldigte sich wegen des gestrigen Abends und fügte hinzu, er habe zu viel getrunken.

Das hätten sie alle, sagte Michel tonlos.

Der kräftige Kaffee tat beiden gut. Aus Höflichkeit wollte Michel nur eine Kleinigkeit essen, aber sein Körper verlangte nach mehr.

Bernard käme heute Abend vorbei, sagte der Psychologe. Bernard und er hätten sich, als Michel schlief, noch lange unterhalten. Und er fügte schnell hinzu, aber nicht über Jeanette.

Mit dem Namen Jeanette fiel Michel wieder sein ganzes Elend ein. Dabei dachte er, wäre er nicht hier, würde er wieder draußen irgendwo herumirren und auf den Abend warten. Der Psychologe schien Gedanken lesen zu können. Er sagte, wenn man sich unterhalte, würde es früher Abend werden. Nicht aufreizend laut, so, wie am gestrigen Abend, sondern direkt leise erzählte er aus seinem Leben. Jeanette habe ihn an eine selbst erlebte Leidenschaft zu einer jungen Frau erinnert. Sie wäre seine ganz große Liebe gewesen. Diese Liebe sei sehr tragisch ausgegangen. Nach einer Pause sagte er, damals hätte er sehnlichst auf einen glücklichen Zufall gehofft. Das Warten darauf hätte ihn immer schwächer gemacht. Es hätte sich nur noch etwas verändern können, wenn die Veränderung auf ihn zu gekommen wäre. Leise fügte er hinzu, diese Veränderung sei jedoch nicht gekommen.

Jetzt hob er seinen Kopf, schaute Michel mit großen Augen an und sprach wieder in normalem Tonfall, er sei aber überzeugt, dass es für Michel eine glückliche Wende geben würde. Ja, er glaube fest daran. Ab dort wurden beide für ihr ferneres Leben Freunde.

Michel logierte fortan bei dem Psychologen, mit dem er sich immer besser verstand. Abends kam Bernard hinzu. Sie gingen hinunter zur Wirtin und aßen ihre selbst gemachte dicke Gulaschsuppe, die in dieser Straße berühmt war.

In Michels Leben hatte sich nichts geändert. Er schlenderte täglich kreuz und quer durch Paris. Manche Viertel kannte er bereits in- und auswendig. Seit ihn seine Freunde in die Mitte nahmen, ging es ihm besser. Was wäre aus ihm geworden, wenn sich nicht alles so ergeben hätte? Wie wäre es in seinem hilflosen Alleinsein weitergegangen? Michel lief es kalt über den Rücken.

Eines Abends erschrak Michel furchtbar. In der Tiefgarage stand Jeanettes Parkplatz leer. Ihre Kolleginnen kamen wie üblich und fuhren weg. Was ist nur los, dachte er. Ist Jeanette krank? Entsetzt, es könnte ihr etwas Furchtbares passiert sein, ging er schnellen Schrittes nach Hause. Der Psychologe war nicht da. Er kam zwei Stunden später, sah sehr müde aus, war nicht ansprechbar, legte sich gleich auf sein Bett und schlief ein. Er war wieder einmal nicht am Bordell vorbeigekommen.

Endlich kam Bernard. Dieser beruhigte Michel damit, es ginge in Paris eine Grippe um, deshalb könne Jeanettes Parkplatz noch viele Tage leer stehen. Er wollte damit das Verabreichen abendlicher Beruhigungspillen umgehen.

Michel träumte in der Nacht Schreckliches. Jeanette sei gestorben, sie habe im Sarg gelegen, umgeben von roten Rosen, wie das seinerzeit im Krankenhaus verstorbene Mädchen. Dann wiederum kletterte Jeanette auf den Pont Neuf. Kurz bevor sie sich in die Seine stürzte, erwachte er schweißgebadet. Er fühlte sich sehr elend.

Jeanette lebe ja noch, hatte der Psychologe in der Kneipe gesagt. Diesen Satz sagte er immer wieder vor sich hin. Alles sei nur ein böser Traum gewesen. Nur langsam beruhigte sich Michel.

Unter dem Giebelfenster schnarchte gleichmäßig der Psychologe. Er hatte einen tiefen Schlaf. Das helle Mondlicht auf seinem Gesicht konnte ihn nicht stören. Michel wechselte leise sein nass geschwitztes Hemd, dann kuschelte er sich wieder in seine Decke.

Am dritten Abend stand Jeanettes Auto wieder auf dem Parkplatz. Es war wieder alles wie gehabt. Auch die Mädchen waren dabei. Michel vermutete, dass er immer mal wieder gesehen wurde. Er sah Jeanette nur einen kurzen Moment. Michel war überglücklich. Ich werde mir ein Fernglas kaufen, dachte er. Es ärgerte ihn, nicht schon früher auf diese Idee gekommen zu sein.

An jenem Abend war Michel wie umgewandelt. Für ihn war eine Tote wieder zum Leben erweckt worden. Er wollte seine Freunde in der Kneipe verwöhnen. Diesen jedoch war seine Euphorie nicht geheuer. Michel nahm seine Veränderung war und dachte an sein Sternzeichen. Er wolle auf dieser Welt glücklich sein, sagte er sich, und dies könne er nur mit Jeanette.

Michel sah in Paris wieder die Sonne scheinen. Er sah wieder Dinge, die er nicht mehr wahrgenommen hatte. In einem Kaufhaus nahm er einen lachenden Teddybär in die Hand und freute sich. Als er hochsah, erschrak er. Vor ihm stand Nicole. Sie schaute ihn entsetzt an. Vorwurfsvoll sagte sie zu ihm, er habe Jeanette sehr, sehr wehgetan. Sie ließ ihn stehen und lief weg.

Alles sei doch ein Irrtum, rief er ihr nach.

Nach etwa zehn Metern blieb sie stehen, kam einige Schritte zurück, blieb wieder kurz stehen und lief dann doch weg.

Es wird keine Ruhe geben, kein glückliches Ende. Es ist und bleibt alles, wie es ist. Michel war tief deprimiert. Der lachende Teddybär glitt ihm aus der Hand.

Nachdem Michel die Tiefgarage aufgesucht hatte, lief er wieder in Paris umher und dachte über die Begegnung mit Nicole nach. Warum ist sie weggelaufen? Warum nicht zurückgekommen? Es würde nie eine Veränderung geben. Ihm würde es wie dem Psychologen mit seiner unglücklichen Liebe ergehen. Michel weinte wie damals an der Seine. Schluchzend dachte er, dies sei sicherlich die einzige und letzte Chance gewesen.

Michel kam spät nach Hause. Seine Freunde hatten sich Sorgen gemacht. Sofort begann die Fragerei. Der Psychologe sagte nervös: „Wir gehen runter zur Gulaschsuppe. In der Kneipe können wir alles in Ruhe bereden."

Die Gulaschsuppe, so nannten sie die Wirtin, begrüßte sie freudig. Auf ihrem Tischchen in der Nische war ein Reserviert-Schildchen. Sichtlich verärgert fragte der Psychologe die Wirtin, was das Schildchen auf ihrem Tischchen zu bedeuten habe. Die Wirtin genoss seinen Ärger und meinte, dieses Tischchen sei für die vor ihr stehenden Herren reserviert, dann ging sie vor zur Theke. Bernard bedauerte, dass sie nicht zwanzig Jahre jünger war. Er hatte seit Langem eine Freundin, aber dieses Verhältnis war nichts

Halbes und nichts Ganzes. Der Psychologe meinte trocken, zur Not ginge es auch mit ihr.

Sie setzten sich. Die Wirtin wusste, was gebraucht wurde. Es mussten nie Bestellungen aufgegeben werden, auch keine Nachbestellungen.

Michel schilderte niedergeschlagen die Begegnung mit Nicole. Der Psychologe wollte alles genau wissen.

„Interessant", sagte er. „Sehr interessant", wiederholte er immer wieder. Jetzt, vielleicht zur selben Stunde, würde auch Nicole ihr Erlebtes Jeanette berichten. Bestens! Es könne nicht besser sein, fügte er hinzu. Bei Jeanette würde somit die Liebe wieder frisch angeheizt werden.

Die Gefühle der Frauen würden direkt unter der Haut liegen. Bei Jeanette käme noch ihre unschuldige Jugend hinzu und die erste Liebe. Einfach eine bombastische Kombination. Der Psychologe war mal wieder ganz Psychologe.

Die Wirtin brachte Wein und Brot. Noch nie wurde in kurzer Zeit so viel Wein getrunken.

Der Psychologe meinte, die Liebe Michels zu Jeanette sei so groß, dass sie ähnlich wie ein Radargerät Strahlen aussende, die Jeanette empfange und wieder reflektiere. Dies könne gar nicht anders sein, fügte er hinzu. Er sei überzeugt, dass sich diese Strahlen am Himmel über Paris kreuzten. Ein sich Wiederfinden sei somit selbstverständlich, vielleicht schon sehr bald.

Michel war es warm geworden. Er stand auf und zog seinen Pulli aus. Vielleicht auch, um die Reflektion der Strahlen besser empfangen zu können.

Bernard sprach nichts. Er schaute von einem zum anderen. An diesem Abend sprach fast nur der Psychologe. Er schien von seinen Darstellungen überzeugt zu sein und fuhr fort, die Verlobung müsse hier in dieser Kneipe stattfinden. Hier auf diesem vierten Stuhl müsse Jeanette sitzen und er nahm die Stuhllehne in die Hand. Erst wenn auf diesem reservierten Stuhl Jeanette sitze, sei das Tischchen komplett.

Michel schaute zur Tür, als könne jeden Augenblick Jeanette hereinkommen.

Eines Abends fühlte sich Michel unwohl. Obwohl es angenehm warm war, hatte er ein Kältegefühl mit Schweißausbrüchen. Der Psychologe und

Bernard gingen nur kurz in die Kneipe, um ihre Gulaschsuppe zu essen. Gegen 23 Uhr hatte Michel hohes Fieber und fantasierte. Der herbeigerufene Arzt vermutete eine akute Lungenentzündung, die sich auch bestätigte. Ein Krankenwagen brachte ihn ins Krankenhaus. Zufälligerweise war es gerade das Krankenhaus, in dem er immer mal wieder jobbte.

Michels gesundheitlicher Zustand war etwa acht Tage lang sehr kritisch. Sein Körper war aufgrund der Entbehrungen geschwächt. Michel wurde vom gleichen Ärzteteam und Personal betreut, mit dem er früher zusammenarbeitete. Sie gaben sich sehr viel Mühe.

Nach fünf Wochen hätte Michel entlassen werden können. Unter den verschiedensten Vorwänden behielt man ihn noch weitere zwei Wochen. Michel kam wieder zu Kräften.

Als er nach seiner Entlassung auf den Psychologen wartete, schaute er etwas verloren in die Parkanlage des Krankenhauses. Er fühlte sich im Moment im Niemandsland. Er wünschte sich Wärme. Dieses Krankenhaus hatte ihm sieben Wochen lang Geborgenheit gegeben. Geborgenheit, wie er sie früher immer bei seiner Mutter fand. In diesem Krankenhaus, so dachte er, wolle er später gerne arbeiten.

Es war September geworden. Der Herbst kündigte sich an. Michel machte täglich etwas längere Spaziergänge. Eines Abends stand er wieder in der Tiefgarage.

Jeanettes Auto stand auf dem Parkplatz. Dann kam Jeanette, immer noch von den Mädchen begleitet. Sie musste also doch noch an ihn denken. Michel lehnte sich an die Betonwand. Nach langer Zeit lächelte er wieder.

Tage später überquerte Michel die Rue Royale. In der Straßenmitte stand plötzlich Jeanette vor ihm. Beide hatten sich erst im letzten Moment erkannt. Sofort hielt Michel sie an ihren Handgelenken fest. Beide schauten auf den Boden. Sie sagten kein Wort. Passanten gingen lachend vorüber. Dann standen sie alleine in der Straßenmitte. Hinter und vor ihnen fuhren Autos vorbei und hupten. Beide rührten sich nicht. Erst als ein Taxifahrer anhielt, hupte und lautstark fluchte, schob Michel Jeanette, ohne sie loszulassen, langsam rückwärts zum Trottoir. Lange standen sie dort. Ohne etwas zu sprechen, schauten sie nur auf den Boden.

Dann sagte Jeanette flehentlich, Michel solle sie bitte loslassen. Sie wolle gehen.

Michel sagte mit weinerlicher Stimme, er habe Angst. Seine Hände zitterten und bewegten dabei die Arme von Jeanette. Alles sei ein schrecklicher Irrtum, stammelte er.

Ein Passant schob Michel ungewollt zur Seite. Michel hielt sich sofort an Jeanette fest und legte seinen Arm um sie. Langsam, ohne etwas zu reden, liefen sie ziellos durch Paris.

Nach einer, es konnten auch zwei Stunden gewesen sein – zwischenzeitlich war es dunkel geworden – standen sie in einer Parkanlage. Michel blieb stehen und schaute in den klaren Nachthimmel. Die Strahlen des Vollmondes ließen da und dort Blätter eines Baumes hell aufleuchten. Er hielt Jeanette fest an sich gedrückt und schaute ständig nach oben, als hätte er so etwas noch nie gesehen. Leise sagte er, diese Welt sei wunderschön.

Beide setzten sich auf eine Bank. Michel küsste Jeanette zaghaft. Beide konnten sich dem Gesetz der Liebe nicht entziehen. Michel schämte sich. Er vergrub sein Gesicht in ihren Armen und wünschte sich, jemand würde sie beide mit seiner grauen Decke zudecken – für immer.

Jeanette strich mit der Hand über Michels Haare. Langsam hob er seinen Kopf und starrte mit Entsetzen auf Jeanettes warnenden Zeigefinger. Aber diesmal war noch der Mittelfinger dabei. Die Hand formte sich zu einem Schwur.

Michel schaute fragend in Jeanettes Augen, in denen Tränen schwammen. Leise sagte sie, niemand und nichts könne sie mehr trennen. Sie fügte hinzu, ganz gleich, was das Leben bringen würde.

Nun, wie ging es mit den beiden weiter? Schon im darauffolgenden Frühjahr mussten sie heiraten. Sie bekamen einen gesunden Jungen. Dieser Junge war der Stolz von Michels Schwiegervater. Michel wurde in Paris ein erfolgreicher Arzt. Die Ehe wurde sehr glücklich – versteht sich.

Monsieur Dupont

In einem Außenbezirk von Paris, dort, wo sich die Hektik der Großstadt verliert, wo überwiegend das Kleinbürgertum zu Hause ist, wohnte Monsieur Dupont in einem kleinen Häuschen mit Garten.

Alle Häuschen sind dort ein- oder zwei-, selten mehrgeschossig. Alle haben einen individuellen Stil. Man erkennt, dass ihre Erbauer eigene Ideen mit eingebracht haben.

Die Gartengrundstücke sind verschiedenartig abgegrenzt. Einmal wurde hierfür ein Mauerwerk bevorzugt, das mit oder ohne Ziegel bedeckt wurde, dann wiederum Holz- oder Eisengitter in jeweils unterschiedlichen Höhen.

Wenn einem ein Häuschen besonders gut gefällt, wird man recht bald von anderen, noch schöneren abgelenkt.

Sehr oft sitzen hinter großen oder kleinen Fenstern Katzen und schauen spazieren. Überall sieht man Kleinigkeiten, die Freude machen. Alles regt zum Träumen an, besonders bei einbrechender Dunkelheit und nachts, wenn das Licht aus den Fenstern strahlt. Dann stellt sich die Fantasie ein, die Illusion, in eines dieser gemütlichen Zimmer durch das Schlüsselloch schlüpfen zu können.

Auch die Straßen sind in diesem Bezirk sehr verschieden, einmal sehr schmal, dann wieder breiter. Alle zweigen unregelmäßig ab. Man könnte meinen, sie wurden angelegt, wie es sich gerade ergab.

Die Vielseitigkeit dieses Bezirks lässt keine Langeweile aufkommen. Die meisten Bewohner sind sehr freundlich und hilfsbereit. Diejenigen, die einen diesbezüglichen Nachholbedarf haben, werden sich sicherlich noch anpassen.

Um es gleich zu sagen, M. D. gehörte zu diesen freundlichen und hilfsbereiten Menschen in diesem Bezirk. Er war sechzig Jahre alt, untersetzt, hatte schütteres Haar, trug eine schwarze Hornbrille und hatte einen Bauchansatz, den er als Haltungsfehler entschuldigte.

M. D. war allein stehend. Seine Frau, die immer kränklich war, verstarb schon in jungen Jahren. Die Ehe blieb kinderlos. Dieses Schicksal bestimmte fortan sein Leben.

Er kündigte seine Anstellung bei der Bank und lebte zurückgezogen.

Zu seinen wichtigsten Aufgaben gehörten die Pflege des Grabes seiner Frau, die er sehr geliebt hatte, seines Blumenbeetes und nicht zuletzt seines schon etwas älteren Citroëns.

M. D. hatte von seinen Eltern zwei Häuser geerbt. Ein kleines Häuschen mit Garten, in dem er wohnte, und ein dreigeschossiges Mietshaus. Die Mieter der beiden oberen Stockwerke bezahlten immer pünktlich ihre Miete. Der Parterre wohnende Mieter jedoch nicht. Dieser war Alkoholiker, arbeitete unregelmäßig und hatte fünf Kinder.

M. D. hatte bald eingesehen, dass es zwecklos war, sich mit diesem Mieter herumzustreiten. Seiner Frau, die sehr verhärmt wirkte, war es immer sehr peinlich, wenn M. D. wegen des Mietzinses kam. Einmal fragte sie ihn verängstigt, ob sie nicht sein Häuschen als Entgelt in Ordnung halten könnte, auch von Gartenarbeit verstünde sie etwas. Sofort ging er auf ihren Vorschlag ein und es begann eine gute Zusammenarbeit.

Das Häuschen von M. D. hatte Parterre eine Küche, drei Zimmer und einen kleinen Wintergarten, außerdem im oberen Stockwerk noch zwei Zimmer. Mit dem Putzen nahm es M. D. nicht so genau. Er machte seinen Bauchansatz hierfür verantwortlich.

Das Häuschen mit Garten blühte auf. M. D., der immer sehr gerne mit dem Citroën oder zu Fuß durch die Gegend strolchte, blieb jetzt häufiger zu Hause. Sah er auf der Straße oder in der Kneipe den säumigen Mieter, grüßte er und sprach einige freundliche Worte mit ihm. Insgeheim war er jetzt froh, dass dieser seinen Mietzins nicht bezahlen konnte.

Sehr oft brachte die Putzhilfe ihre beiden jüngsten Kinder mit. Sie waren vier und sechs Jahre alt. Sie kamen sehr gerne, denn M. D. hatte ihnen eine Schaukel gebaut.

Mit Ausnahme des Blumenbeets lag früher der Garten brach. Jetzt waren überall Beete mit Salat, Gemüse, Zwiebeln und dergleichen angelegt. Der ausgeruhte Boden ließ alles prächtig gedeihen. M. D. brauchte wenig von diesem Segen, doch es kam ihm vor, als würden jetzt die Kinder seiner Putzhilfe gesünder aussehen, und darüber freute er sich.

Die vielen Jahre des Alleinseins, in denen M. D. gezwungen war, alles selbst zu verrichten, erzogen ihn zur Selbstständigkeit. Diese machte ihn selbstsicherer und formte ihn, so dass er sich von anderen Menschen unterschied. Man sah ihn als einen Sonderling an, aber das war er nicht. Er hatte sich zu einem Individualisten entwickelt. Er betrachtete manches länger und dachte über vieles im Leben länger nach, als es vielleicht andere Menschen tun. Deshalb kam er des Öfteren zu Erkenntnissen, die ihm früher verborgen geblieben waren.

Für das Fernsehen hatte er kein großes Interesse, ebenso wenig für das politische Tagesgeschehen. Er akzeptierte jedoch das Fernsehen in der Kneipe, weil es oft die Gäste zu unterhaltsamen Streitgesprächen veranlasste.

Im Umgang mit Menschen war er sehr behutsam, vielleicht, weil er schlechte Erfahrungen gemacht hatte. Er meinte deshalb, immer der Schlauere sein zu müssen.

Unlängst brachte M. D. seinen Citroën in die Werkstatt. Zuvor hatte er alle Werkstätten im Umkreis getestet. Mit der jetzt gefundenen war er sehr zufrieden. Er war dort bereits ein guter Bekannter. Wegen jeder Kleinigkeit ging er in diese Werkstatt, sein Citroën war sein Allerliebstes.

M. D. nörgelte nie an den Reparaturkosten herum. Um die Kostenrechnungen niedrig zu halten, versuchte er es anders herum – und das immer mit gutem Erfolg. So erzählte er den Monteuren, dass er als Rentner auf eine Nebenbeschäftigung angewiesen sei. Er würde für eine Firma Kurierfahrten ausführen. Natürlich würde er hierfür schlecht bezahlt. Aber besonders ärgere es ihn, dass sein Auftraggeber nicht gewillt sei, sich an den anfallenden Reparaturkosten zu beteiligen. Dabei spielte er gekonnt den aufgeregten Mann. M. D. war Nichtraucher. Für solche Fälle hatte er jedoch immer Zigaretten dabei, die er großzügig an die Monteure verteilte. An einem Nachmittag arbeitete ein Monteur über eine Stunde an seinem Auto für ein sehr geringes Entgelt. Zum Schluss wurde noch kostenlos die Lichtmaschine überprüft, Frostschutzmittel und Öl nachgefüllt.

Wie schon erwähnt, sein Citroën war ein älteres Modell, deshalb kannte er alle Autofriedhöfe der näheren Umgebung, die Brauchbares ausschlachteten und auf Lager hielten. Er hatte eine kleinere Firma gefunden, mit deren Besitzer und Sohn er sich angefreundet hatte. Brauchte er ein Ersatzteil, so war dies kein Problem, er bekam es immer sehr günstig. War bei einem Besuch der Sohn, mit dem er sich besonders gut verstand, nicht im Betrieb, dann ging M. D. unverrichteter Dinge wieder weg und versuchte sein Glück zu einem späteren Zeitpunkt noch einmal.

Am liebsten hielt sich M. D. in seinem Häuschen, im Garten oder auf dem Friedhof auf. Am Grab seiner Frau konnte er auf seinem mitgebrachten Klappstuhl stundenlang verweilen, dabei verloren sich seine Gedanken im Nichts, bis er aus diesem dem Totsein ähnlichen Zustand wieder erwachte.

Auf dem Heimweg ging er meistens in die Kneipe und suchte sich einen ruhigen Platz an der Theke. War kein Platz mehr frei, setzte er sich in deren Nähe an einen Tisch und trank seinen Burgunder. Er war meistens nur Zuhörer. Zwischendurch schielte er zum Fernseher. Man kannte sein Verhalten und ließ ihn in Ruhe.

M. D. war mit Gott und der Welt zufrieden. Er verstand sich mit seiner Putzhilfe sehr gut und nahm manches von ihr an. In seine Gewohnheiten und was er sonst für richtig hielt, ließ er sich aber nicht reinreden. Manchmal fühlte er sich zu sehr umsorgt, was ihm schmeichelte.

Seit M. D. wegen einer Verstauchung seines rechten Fußgelenkes bei seinem Hausarzt war und jetzt meinte, er habe diesen von seiner Lebensweise überzeugen können, fühlte er sich berufen, diese weiterzugeben zu müssen. Er versuchte, jeden zu belehren. Man amüsierte sich über ihn, dabei dachte man doch über manches nach.

Eine Nachbarin hatte er schon seit Längerem bekehrt. Ihr Arzt sei mit ihr sehr zufrieden, sagte sie immer wieder. Das war für M. D. keine Überraschung, denn nachdem sie seine Lebensweise übernommen hatte, konnte dies auch nicht anders sein.

Wie erwähnt, musste M. D. wegen seines Fußgelenkes den Hausarzt aufsuchen. Dieser war hocherfreut, einen seltenen Patienten mal wieder zu sehen. Mehr als sein Fußgelenk interessierte den Arzt die allgemeine körperliche Verfassung von M. D. und er nahm ihn auf den Prüfstand. Anschließend bekam er einen Besprechungstermin.

Nach acht Tagen war sein Fußgelenk wieder in Ordnung, deshalb wollte er den vereinbarten Termin absagen. Sein Hausarzt bestand jedoch darauf.

Der Arzt hatte eine sehr gut gehende Praxis. An jenem Donnerstag war das Wartezimmer voll besetzt. M. D. musste über eine Stunde warten, und das nur, wie er meinte, um dem Arzt sein gesundes Füßchen zu zeigen.

Der Arzt begrüßte M. D. und sah ihn dabei etwas sonderbar an. Dann ging er langsam hinüber zu seinem Schreibtisch, setzte sich auf den Stuhl und sah sich Notizen an. In der Praxis war absolute Stille. Jetzt fiel M. D. ein, dass er generell untersucht worden war. Der Arzt sprach immer noch nicht. Dann stand er auf und ging mit ernster Miene auf M. D. zu. Das ist ja hier wie in einem Krimi, dachte M. D. nervös werdend. Spannender ging es nicht mehr. Jetzt sagte der Arzt: „Monsieur Dupont, wie machen Sie das nur?" Er schaute ihn kopfschüttelnd an. Dann gab er ihm die Hand und beglückwünschte ihn zu seinen guten Blutwerten. Alles sei ausgezeichnet. Diese guten Werte habe er vor zehn Jahren nicht gehabt. Dann wiederholte er seinen Satz von soeben: „Wie machen Sie das nur?"

Während der ganzen Zeit fühlte sich M. D. wie in einem See unter Wasser gedrückt.

Jetzt schnellte er empor, ja, er schoss förmlich aus dem Wasser.

„Alles ergab sich von selbst, Herr Doktor", sagte M. D. übereifrig. Er habe seine Lebensweise umgestellt und das habe seine Gesundheit beeinflusst.

Der Arzt wurde neugierig. „Sehr interessant", meinte er und bat M. D., er solle bitte alles langsam der Reihe nach erzählen. Beide saßen sich am Schreibtisch gegenüber. Der Arzt hatte in seiner rechten Hand einen Bleistift und spielte damit.

M. D. begann, der Reihe nach zu erzählen. Er habe jeden Morgen für eine Stunde und dreißig Minuten ein festes Programm. Nach dem Erwachen stelle er das Radio ein und suche einen Sender mit schöner Musik. Dann setze er sich auf sein Bett und massiere intensiv sein linkes und dann sein rechtes Bein. Für jedes Bein benötige er 15 Minuten. Anschließend gehe er ins Bad und bürste seinen Körper mit einer mittelgroben Bürste von unten nach oben, bis dieser krebsrot sei. Dabei bliebe nichts verschont. Hierfür benötige er dreißig Minuten. Erst dann dusche er sich. Lauwarm anfangen, die Temperatur steigern und diese wieder herunterfahren. Hierfür brauche er zehn Minuten. Dann aber käme das Schönste eines jeden Morgens: Er ginge in seine Rosenlaube im Garten. In ihr könnten ihn seine Nachbarn nicht sehen. Er mache dort seine Gymnastik und entspanne sich.

Dem Arzt machte er seine Übungen vor. Eine wichtige Übung sei, langsam den Oberkörper nach vorne zu senken und dabei die Luft vollkommen aus dem Brustkorb zu pressen, um ihn anschließend wieder vollzupumpen bis nichts mehr hineinginge. Dazwischen würde er immer kurze Pausen einlegen, um dem Zwitschern der Vögel zuzuhören. Hierfür benötige er dreißig Minuten. Er nenne diesen morgendlichen Zeitaufwand „Kadaverpflege".

Der Arzt hatte die Zeiten zusammengezählt. Er kam exakt auf eine Stunde und dreißig Minuten.

In Fahrt gekommen, brachte M. D. das Gespräch auf seine Ernährungsweise und schilderte diese ausführlich. Der Arzt schrieb mit.

Morgens kämen eine Kiwifrucht, ein Apfel, eine Orange oder Banane sowie eine rohe Zwiebel in einen kleinen Topf. Alles sehr klein geschnitten. Mit 250 Gramm Magerquark und einem Joghurt werde alles zu einem Brei vermengt und leicht angewärmt.

Der Arzt wollte wissen, ob unbedingt eine rohe Zwiebel dabei sein müsse.

„Aber unbedingt, trotz der Nebenwirkung!", erwiderte M. D.

Daraufhin unterstrich der Arzt das Wort „Zwiebel" mit einem Bleistiftstrich.

Das sei alles sehr vernünftig, meinte der Arzt, aber leider erfordere dies täglich viel Zeit. Darauf sagte M. D., man müsse dies als Arbeit ansehen, um arbeiten zu können. Der nachdenklich gewordene Arzt nickte. Er würde manches beherzigen, sagte er, denn er habe bereits gesundheitliche Probleme.

Beide hatten bei dieser Besprechung viel Zeit verbracht. Eine Sprechstundenhilfe lief ständig nervös hin und her.

Der Arzt begleitete M. D. hinaus und sagte beim Abschied zu ihm, er könne hundert Jahre alt werden. Entsetzt erwiderte M. D., das wünsche er sich auf keinen Fall. Er wünsche sich, bis zu seiner letzten Stunde lebenswert leben zu können.

Draußen standen jetzt die Patienten im Flur. Sie warfen M. D. giftige Blicke zu.

M. D. führte ein geruhsames Leben. Alles nahm seinen normalen Gang. Niemand und nichts bereitete ihm die geringsten Schwierigkeiten, weder die Putzhilfe mit Kindern noch die Nachbarn oder der Citroën. Bis an einem Dienstagmorgen eine noch sehr junge Katze vor seiner Haustüre stand und erbärmlich jammerte. Sie war schwarz wie die Nacht.

M. D. starrte sie an. Die Haustüre stand einen Spalt offen und schwups war sie im Haus. Verdammt, dachte M. D., gerade in dieser Woche war seine Putzhilfe mit Kind und Kegel zur Beerdigung einer nahen Verwandten gefahren. Es wurde ihm klar, mit der Ruhe war es vorerst vorbei. Er würde alleine mit der Katze zurechtkommen müssen. Aber wie?

M. D. hatte in seinem Leben nie ein Tier besessen, obwohl er Tiere sehr liebte. Die „Schwarze" war sein erster Tierbesuch. M. D. machte die Türe hinter sich zu und lief der Katze nach. Sie hatte einen guten Riecher, denn sie ging schnurstracks in die Küche. Auch die Küchentür machte er hinter sich zu. Es begann nun ein Katz-und-Maus-Spiel mit vertauschten Rollen. M. D. spielte die Katze und die Katze war die Maus. Die „Schwarze" ließ sich nicht fangen, sie entwischte ihm immer wieder. Sie kroch unter Kommode und Schrank, kam aber bald wieder hervor und sah sich anderweitig um. Sie war sehr neugierig.

In dem Moment, als sie vom Stuhl auf den Tisch springen wollte, konnte M. D. sie fangen. Sie fauchte und knurrte, als ginge es um ihr Leben. M. D. lachte schadenfroh. Er ließ sich nicht von ihren ausgestreckten Krallen beeindrucken. Behutsam drückte er sie an sich, dann setzte er sich auf den Küchenstuhl und nahm sie auf den Schoß. Knurrend und fauchend versuchte sie immer wieder, sich frei zu machen. Nun streichelte M. D. hingebungsvoll ihr schwarzes Fell. Nach geraumer Zeit ging das Knurren in ein Schnurren über, das sich viel sympathischer anhörte.

M. D. ließ sie vorsichtig mit den Händen los. Sie blieb auf seinem Schoß sitzen. So verbrachten beide den halben Vormittag. Als er sie vorsichtig auf den Boden setzen wollte, fing sie wieder an zu knurren. Sofort nahm sie M. D. hoch auf seinen jetzt angenehm warmen Schoß. Sie ließ ihn wissen, was ihr gefiel und was nicht.

M. D. verspürte Hunger, ein natürliches Bedürfnis von Mensch und Tier. Er setzte die Katze, ihr Widerstreben ignorierend, auf den Boden. Da stand sie nun und machte einen Buckel. Sie versteckte sich nicht mehr unter Schrank und Kommode. Darüber freute er sich.

M. D. hatte die Katze lieb gewonnen und wollte sie behalten. Er wollte alles tun, dass sie sich bei ihm wohlfühlte.

Sehr langsam, dabei immer auf die Katze schauend, bewegte sich M. D. in der Küche. Aus dem Kühlschrank holte er Milch, füllte damit eine Kaffeetasse und stellte diese auf den Boden. Um Gottes willen, dachte er, wo habe ich nur meine Gedanken? Kalte Milch aus dem Kühlschrank könnte ja für eine junge Katze tödlich sein! Er holte schnell die Tasse wieder vom Boden und erwärmte die Milch. Interessiert schaute ihm die Katze zu, dabei redete er ständig mit ihr, damit sie sich an seine Stimme gewöhnte. Die erwärmte Milch stellte er wieder auf den Boden und war nun gespannt, wie es weiterging.

Die Katze ging einen Meter zurück und setzte sich. M. D. setzte sich auf seinen Küchenstuhl. Beide saßen sich lange gegenüber. Dann endlich erhob sich die Katze. Sie ging langsam zur Milchtasse und schnupperte. Das Getränk schien ihr nicht unbekannt zu sein. Die Milchtasse war schnell geleert, aber von Milch alleine kann keine Katze leben. Der Mensch auch nicht nur von Brot, wie ein Bibelspruch besagt.

M. D. erinnerte sich, dass seine Nachbarin früher zwei Katzen hatte. Er nahm sich vor, sie noch am Vormittag aufzusuchen und sie um Rat zu fragen.

Ein Katzenname war schnell gefunden. Es war nahe liegend, sie *Mohrle* zu nennen, da ihr Fell tiefschwarz war. M. D. hatte aber den Eindruck, dass sie diesen Namen langweilig fand. Dagegen reagierte sie sofort auf das etwas forschere *Fifi*. Beide fanden, mit diesem Namen leben zu können, und ab sofort hieß die Katze *Fifi*.

M. D. suchte seine Nachbarin auf. Sie stand am Gartentor und holte ihre Post. Sie schaute ihn etwas erstaunt an und fragte, warum er so aufgeregt sei.

M. D. antwortete, ihm sei eine junge Katze zugelaufen, und er erzählte ihr sein Abenteuer. So etwas käme immer mal wieder vor, meinte die Nachbarin. Ihre Katzen seien vom Tierheim gewesen. Man nehme dort entlaufene Katzen auf, bis sich ein Besitzer melde oder sich jemand für eine Katze interessiere. Daraufhin wollte sie ins Haus zurück, um im Telefonbuch die Telefonnummer des Tierheims zu suchen.

M. D. hielt sie am Arm zurück. Auf keinen Fall möchte er die Katze in ein Tierheim geben. Er habe sich schon an sie gewöhnt und fügte hinzu, er glaube, die Katze sich auch an ihn. Er wolle die Katze behalten, habe aber noch keinerlei Katzenerfahrung. Die Nachbarin fing ihrerseits an, von ihren früheren Katzen zu schwärmen. Mit leuchtenden Augen, die etwas Bittendes hatten, schaute sie M. D. an. Dieser erschrak. Hoffentlich hatte sie es nicht auf seine Katze abgesehen! Es wurde ihm jetzt bewusst, stolzer Besitzer einer Katze zu sein. Die Nachbarin bat, die Katze öfter sehen zu dürfen. Darüber könnte man reden, dachte M. D.

Beide kamen auf das eigentliche Problem zu sprechen. M. D. hatte jetzt eine Katze und die Nachbarin diesbezügliche Erfahrungen. Alles, was sie rund um die Katze sagte, schrieb er sich hinter die Ohren. Er war ihr sehr dankbar.

Die Nachbarin wurde nachdenklich. Sie nahm M. D. am Arm und führte ihn hinter ihr Haus zu einem kleinen Schuppen. In ihm lagen die Utensilien eines vergangenen Katzenlebens: drei Katzenklos, Kissen und zwei große Packungen Katzenstreu. Dazwischen kam so etwas wie ein Plüschtier ans Tageslicht, das einer überdimensionalen Maus ähnelte. Das Ding sah scheußlich aus, war dreckig, hatte Löcher und nur noch einen kurzen Schwanz.

In der Nachbarin erwachte Vergangenes. Lachend erzählte sie, wegen dieser Maus hätten sich ihre Katzen sehr oft gestritten. Es sei köstlich gewesen. Liebevoll legte sie das Plüschtier in ein Katzenklo. M. D. war davon überhaupt nicht begeistert, er wollte aber seiner Nachbarin die Freude am Schenken nicht nehmen und spielte den Entzückten. Für alles bedankte sich M. D. sehr herzlich und versprach, die Sachen alsbald mit seinem Handkarren zu holen. Dann ging er schnurstracks zu seinem Häuschen.

Fifi sollte ihr neues Zuhause kennen lernen, deshalb ließ sie M. D., als er wegging, frei im Hause herumlaufen.

Als M. D. zurückkam, schloss er leise die Haustüre auf. *Fifi* kam die Treppe herunter. Ein penetranter Geruch lag in der Luft. Er meinte, sein Schlafzimmer zugemacht zu haben, aber dem war nicht so. Unheil ahnend, stieg er die Treppe hoch. Bevor er in seinem Schlafzimmer nach der Ursache suchte, machte er schnellstens die beiden Fenster auf. Er musste nicht lange suchen. Genau in der Mitte seines weichen Kopfkissens hatte *Fifi* ihren Darm entleert.

Fifi erschien an der Tür und wackelte mit ihrem Schwanz. M. D. war schockiert. Er starrte *Fifi* an, dann wieder das Kopfkissen und dann wieder *Fifi*. Ein Glück, dachte er, dass ein Ehebett zwei Kopfkissen hat. Vorsichtig trug er das verschmutzte Kissen, seinen Kopf abwendend, in den Garten. Er war verwirrt und merkte beim Hinausgehen nicht, dass ihm *Fifi* folgte. Draußen erschrak er furchtbar. Auch das noch, dachte er. Sie wird sich nicht fangen lassen und mir weglaufen! Er würde sie suchen müssen. Das Kopfkissen warf er auf den Boden. Aufgeregt lief er in die Küche, um eine Tasse Milch zu holen. Damit wollte er *Fifi* ins Haus locken.

Als er sich in der Küche umdrehte, stand *Fifi* hinter ihm. Ein Stein fiel ihm vom Herzen. Alles war vergessen. M. D. nahm sie auf seinen Schoß und streichelte sie. Beide schauten sich an, als wollten sie sagen: Es gibt Schlimmeres auf der Welt.

M. D. machte kein saures Gesicht mehr. Kein böses Wort sagte er zu *Fifi*. Sie honorierte dies mit Schwanzwedeln. Er hatte den Eindruck, sie habe kein Schuldgefühl. Warum auch? Die Milch habe sie in Bedrängnis gebracht. Sicherlich habe sie zuvor das ganze Haus nach einem Katzenklo abgesucht, die Ärmste, dachte er. M. D. überfiel Bedauern.

Nun hatte es M. D. eilig, die Ratschläge seiner Nachbarin in die Tat umzusetzen. Mit seinem Handkarren, in den er zwei Flaschen Burgunder legte, fuhr er los. Wie schon am Morgen, fragte ihn die Nachbarin, warum er so aufgeregt sei. M. D. schilderte das Geschehene. Noch nie hatte er seine Nachbarin so lachen sehen. Mit ihren beiden Händen winkte sie ab und meinte, *Fifi* sei noch ein Katzenkind. Kleine Kinder würden so etwas nun einmal tun.

Im Häuschen von M. D. waren jetzt drei Katzenklos aufgestellt. Eines im Wintergarten, eines im Wohnzimmer und eines im Gang des Obergeschosses. Es gab nie mehr diesbezügliche Probleme. *Fifi* wollte ihrem Herrn nicht mehr Arbeit machen, als notwendig war, und benutzte nur das Klo im Obergeschoss.

Es war Sonntag geworden – der erste mit *Fifi*. M. D. fühlte sich nicht mehr einsam. Sechs Tage waren sie nun zusammen. In dieser Zeit hatten sich beide kennen gelernt und aneinander gewöhnt. M. D. hatte bald erkannt, dass *Fifi* eine sehr intelligente und folgsame Katze war. Problemlos konnte er mit ihr in den Garten gehen, den sie bald zu ihrem Revier machte. Die Haustüre, an der er eine Sperre angebracht hatte, stand immer einen Spalt offen. Wenn er nach ihr rief, kam sie sofort, was bei Katzen nicht die Regel ist. Er konnte somit den Friedhof aufsuchen oder Besorgungen machen. Wenn er abwesend war, saß *Fifi* oft stundenlang im Wohnzimmer auf der Fensterbank auf ihrem Kissen und schaute aus dem Fenster, bis M. D. eintraf. Im Wohnzimmer stand auch ihr Körbchen, dort verbrachte M. D. als leidenschaftlicher Leser viel Zeit.

Seine Putzhilfe hatte zum Teil die Möbel umgestellt. Sein Lesesessel mit Stehlampe stand jetzt am Fenster, gegenüber von *Fifis* Fensterplatz. Setzte sich M. D. in den Sessel, sprang *Fifi* sofort auf seinen Schoß. Bis sie es sich bequem gemacht hatte und schnurrte, streichelte M. D. sie hingebungsvoll. Erst dann begann er zu lesen und trank dazu seinen Burgunder. Noch nie hatte er sein Wohnzimmer so gemütlich empfunden. *Fifi* hatte viel verändert.

Morgen würde wieder seine Putzhilfe mit den Kindern kommen. Sicher würde sie nach acht Tagen Pause einen Großputz machen wollen und das dürfte für die sich erst kurze Zeit eingewöhnte *Fifi* nicht gut sein. Er dachte, vielleicht wäre es gut, der Putzhilfe acht Tage Urlaub zu geben? Aber wie er sie kannte, würde sie darauf ungern eingehen. Es würde sich sicher wieder alles von selbst ergeben, wie schon oft. Am besten ist es, den morgigen Tag auf sich zukommen zu lassen, dachte er.

Die Putzhilfe kam an jenem Tag früher als sonst. Ihre beiden Kinder hatte sie dieses Mal nicht dabei. M. D. ging ihr entgegen und erzählte, was sich zugetragen hatte. Die Putzhilfe war darüber sehr erfreut. Sie meinte, rundherum hätten alle Anwohner Katzen. Mäuse würden verduften, wenn sie Katzen riechen. Man könne meinen, alle Mäuse der Umgebung wären hier in den Garten, Schuppen und Keller des Hauses geflüchtet.

M. D. wusste dies, spielte jedoch den Ahnungslosen und fragte: „Sind es wirklich so viele?"

„Ja", meinte die Putzhilfe, „ein Paradies für Mäuse."

Beide gingen ins Haus.

Fifi saß auf der oberen der drei Treppenstufen, als erwartete sie Besuch. Die Putzhilfe war enttäuscht, weil *Fifi* noch so klein war. Wahrscheinlich dachte sie an die vielen Mäuse. Sie machte *Fifi* kein Kompliment. Junge Katzen würden aber bei guter Pflege bald groß werden, meinte sie. Sie habe auch zwei junge Katzen groß gezogen. Beide würden noch heute wöchentlich ein Mal Tatar bekommen, aber jede nur zwei Esslöffel. Das Fleisch würde sie mit frischem Gemüse vermengen. Es dürften aber nur zwei Esslöffel je Katze wöchentlich sein, betonte sie nochmals, sonst könnten Katzen Würmer bekommen.

M. D., der bis jetzt nicht wusste, dass seine Putzhilfe zwei Katzen besaß und diese auch noch groß gezogen hatte, schaute sie sichtlich erfreut an. Er dachte, die Putzhilfe müsse ihm der liebe Gott persönlich geschickt haben. Fortan bekam *Fifi* wöchentlich auch zwei Esslöffel Tatar, vermengt mit frischem Gemüse, und zwar an jedem Mittwoch.

Fifi entwickelte ein Zeitgefühl. Man hätte meinen können, sie könne die Tage zählen, denn mittwochs war sie immer besonders gut aufgelegt.

Die Frau des Metzgermeisters hatte sich den Mittwoch als „Tatartag" gemerkt, daher wandte sich M. D. beim Einkaufen nur an sie. Er bat immer um zwei Esslöffel Tatar und fügte leise hinzu, die Menge sei es nicht wert, gewogen zu werden. Sie kannte M. D. und nickte lächelnd.

M. D. suchte selbst sein Fleisch aus. Er aß nur Rindfleisch, selten Wurstwaren. Die Frau des Metzgers war ihm beim Aussuchen immer behilflich. Sie bediente ihn großzügig, das heißt, sie rechnete günstig ab. Es hatte aber seine Zeit gebraucht, bis er sie umerzogen hatte.

Warum versuchte M. D. immer, zu tricksen? Er hatte doch ein gutes Auskommen. Wo hatte er dies nur gelernt? Vielleicht bei seiner früheren Tätigkeit in der Bank? Dennoch war M. D. überall gerne gesehen. Er war ein sympathischer Kauz.

Haus und Garten waren *Fifi* zwischenzeitlich bestens bekannt. Auf die Straße ging sie nie. Sicher hatte sie auf Straßen schlechte Erfahrungen gemacht. Im Garten hielt sie sich sehr gerne im kleinen Schuppen auf. Dieser wurde zur Mausefalle.

Im Hause stellte M. D. immer wieder fest, dass *Fifi* die Kellertreppe hinunterging und sich vor die verriegelte Kellertüre setzte. Diese Beobachtung berichtete er seiner Putzhilfe. Diese errötete. Stotternd gestand sie, wenn M. D. nachmittags auf dem Friedhof sei oder Erledigungen mache, habe sie *Fifi* in den Keller eingeschlossen.

M. D. errötete jetzt auch, denn er war zornig geworden und mahnte, so etwas dürfe sie *Fifi* doch nicht antun.

Die Putzhilfe erschrak über den harten Ton, den sie von M. D. nicht kannte. Aber im Keller sei alles angenagt, sagte sie. Beim Aufräumen habe sie Schlimmes festgestellt. Die Mäuse hätten im Keller großen Schaden angerichtet. Gestern Nachmittag habe *Fifi* in vier Stunden siebeneinhalb Mäuse gefangen. Dann schimpfte sie über ihre beiden Katzen. Diese seien faul, sie sollten sich an *Fifi* ein Beispiel nehmen. Sie würden, wenn überhaupt, Mäuse nur zum Spielen fangen und dann wieder springen lassen. Sie habe den Eindruck, dass den Mäusen dieser Zirkus gefiele.

Nun gut, meinte M. D., aber die Kellertüre müsse, wenn *Fifi* im Keller wäre, offen bleiben. Entsetzt sagte daraufhin die Putzhilfe, dies sei unmöglich, denn alle Mäuse würden dann die Kellertreppe hochkommen. M. D. wurde nachdenklich. Dies leuchtete ihm ein. Es begann eine zähe Verhandlung, die über eine Stunde dauerte. Schließlich einigte man sich darauf, dass *Fifi* nur vormittags, wenn M. D. zu Hause war, für eine Stunde bei geschlossener Kellertüre im Keller bleiben dürfe.

Fifi schaute zu beiden hoch, einmal zu M. D., dann wieder zur Putzhilfe.

Die Vereinbarung wurde streng eingehalten. Immer wenn *Fifi* in den Keller kam, ging M. D. in sein Schlafzimmer und stellte den Wecker.

Es war ein wunderschöner Sommer, herrliche Abende. Den Abend liebte M. D. mehr als den Morgen. Der Morgen erinnerte ihn noch an früher, als er zur Arbeit gehen musste und auf den Abend wartete.

Freitags abends, wenn das arbeitende Volk nach Hause oder in die Kneipe ging, war auf den Straßen immer Lachen zu hören. Dieses freudige Lachen verbreitete eine glückliche Stimmung. Es war die Vorfreude auf das Wochenende.

Obschon M. D. seit Langem nicht mehr arbeitete, empfand er immer noch den Freitagabend als den schönsten der Woche. Er holte Vergangenes zurück. An diesen Abenden beschwingten ihn seine Erinnerungen. Er fühlte sich mit anderen Menschen verbunden und freute sich mit ihnen. Freitags holte ihn seine Frau immer von der Bank ab. Sie gingen dann in ein gutes Restaurant. Es war seine glücklichste Zeit.

An einem Freitagabend war M. D. wieder in Hochstimmung. Er ging gut gelaunt in seine Kneipe. Dort wurde heftig über ein für ihn uninteressantes Thema debattiert. Er holte eine Zeitung und machte es sich an seinem Tischchen bequem.

Die Kneipe füllte sich zusehends. Es wurde sehr laut. Das Radio hatte seine liebe Not, gehört zu werden. Als Nichtraucher störte ihn der Qualm in der Kneipe nie. Er gehörte einfach dazu, so, wie das Stimmengewirr. Jenen Abend empfand er wieder als sehr gemütlich. Zum Burgunder, seinem Lieblingswein, bestellte er ein Steak mit Beilagen.

Bekanntlich war M. D. nie spendabel. Wenn es ihm aber irgendwo gefiel, gab er großzügig Trinkgeld. In seiner Kneipe immer. Die Bedienung war auch an diesem Abend sehr freundlich.

M. D. konnte von seinem Platz die gesamte Kneipe übersehen. Alle Tische waren belegt. Wer keinen Sitzplatz mehr fand, stand an der Theke. Es war eine Atmosphäre, die es nur freitagabends gab. Er genoss sie als Zuschauer und Zuhörer. Niemand setzte sich zu ihm.

In Ruhe aß er sein Steak mit Beilagen und trank seinen Burgunder. Er dachte an *Fifi*. Sie war den Tag über im Garten. Es war wieder mal ein sehr schöner und sonniger Tag. Als er das Haus verließ, lag sie in ihrem Körbchen und schlief. Er empfand, ein ihm schutzbefohlenes Tier versorgt zu haben.

Freitags abends blieb M. D. meist länger in der Kneipe. Sie lag unweit seines Hauses. Seinen Citroën benötigte er nicht, er konnte somit etwas mehr trinken.

Nach dem zweiten Glas Burgunder nahm er die Zeitung zur Hand und begann zu lesen. Es interessierten ihn nur lokale Begebenheiten. Er schaute in die Inseratseiten. Ihm fiel sofort ein dick umrandetes Inserat auf:

Junge schwarze Katze entlaufen, hört auf den Namen Mini. Biete für Mini großzügigen Finderlohn!

M. D. starrte sekundenlang auf das Inserat. Eine Dame hatte es aufgegeben. Sie hatte außer ihrer Telefonnummer auch ihre Anschrift angegeben.

Konnte *Mini* seine *Fifi* sein, zuckte es M. D. durch den Kopf. Aber der Wohnsitz dieser Dame war nicht vor seiner Haustüre, sondern in einem weiter entfernten Bezirk. Es ist doch unwahrscheinlich, dachte er, dass *Fifi* von so weit her kommt. Auch fiele es dieser Dame reichlich spät ein, sich erst jetzt um ihre Katze zu kümmern.

M. D. hatte sich etwas beruhigt. Dann stellte er aber fest, dass er von dem vorhandenen Zeitungsstapel eine ältere Zeitung genommen hatte. Die Veröffentlichung lag schon Wochen zurück.

M. D. überlegte, wann *Fifi* zu ihm kam. Sie kam auch vor Wochen. Jetzt wurde er unruhig. M. D. las das Inserat noch einmal sehr sorgfältig. Auf der Inseratseite wurde noch mehr Entlaufenes und Entflogenes gesucht. *Mini* war aber die einzige Katze, jung und schwarz.

Die Namen *Mini* und *Fifi* schwirrten in seinem Kopf herum und ließen sich auch nicht mit Burgunder wegspülen. Es war so ein schöner Abend. Warum musste er gerade diese Zeitung in die Hand nehmen? Warum müssen bei den Rosen die Dornen stehen? Warum?

M. D. ging sehr langsam nach Hause. Es brauchte seine Zeit, bis er die Haustüre aufgeschlossen hatte. *Fifi* kam die Treppe herunter und folgte M. D. ins Wohnzimmer. Erschöpft setzte er sich in den Sessel und nahm *Fifi* auf den Schoß. Er vergrub sein Gesicht in ihrem schwarzen Fell. M. D. war betrunken. Er ging nicht hoch in sein Schlafzimmer. Die Nacht verbrachte er im Lesesessel mit *Fifi* auf dem Schoß.

Am Samstagmorgen hatte M. D. einen schweren Kopf. Er war depressiv. Es regnete und das drückte zusätzlich auf sein Gemüt. Er hatte keine gute Nacht gehabt und verspürte Kreuzschmerzen. *Fifi* dagegen war in bester Stimmung. Sie sprang ständig durch das Zimmer und warf ihre Plüschmaus, die sie von der Nachbarin bekommen hatte, durch die Gegend.

Samstags hatte die Putzhilfe ihren freien Tag. An jenem Morgen vermisste sie M. D. ganz besonders. Gleich nach dem Frühstück ging M. D. zu ihr. An der Gartentüre kam ihm ihr stark alkoholisierter Mann entgegen und rempelte ihn an. Langsam nur wurde diesem bewusst, dass sein Vermieter vor ihm stand, und er änderte seine bösartige Haltung. M. D. gab ihm die Hand mit längerem Händedruck. Diese freundliche Geste beruhigte ihn.

Die Putzhilfe kam aufgeregt die Kellertreppe hoch. M. D. vergaß, zu grüßen. Auch er war aufgeregt und hatte einen roten Kopf. In seiner linken Hand hielt er die Zeitung, die er aus der Kneipe mitgenommen hatte. Mit seiner rechten Hand deutete er auf das Inserat.

Die Putzhilfe war nicht überrascht. Sie wusste sofort, warum M. D. so durcheinander war. Aufgeregt sagte sie, diese Schlampe habe schon mehrmals wegen *Fifi* inseriert. M. D. machte ein erstauntes Gesicht.

Die Putzhilfe ereiferte sich zusehends und bezeichnete die Inserentin immer wieder als Schlampe. Wenn man Tiere halte, sagte sie etwas schrill, dann habe man diesen gegenüber eine Verantwortung. Dieser verantwortungslosen Person gehöre kein Tier. Dass *Fifi* noch am Leben sei, grenze an ein Wunder. Diese lange Wegstrecke von ihrem früheren Zuhause bis in diesen Bezirk sei für ein kleines Tier eine Weltreise. *Fifi* hätte Unglaubliches passieren können. Die Putzhilfe zählte Schlimmes auf, von Katzenfängern angefangen bis hin zum Überfahrenwerden.

Am ohnehin fantasiebegabten M. D. zogen grauenvolle Bilder vorbei.

Nach dem letzten Inserat, sagte die Putzhilfe, habe sie schon den Telefonhörer mit der Absicht in Händen gehabt, dieser Madame mitzuteilen, dass ihre Katze überfahren worden sei und man sie bereits weggebracht habe. Entsetzt, direkt bittend sagte M. D. zu ihr, so etwas dürfe sie auf keinen Fall tun. M. D. stellte sich vor, er würde so einen entsetzlichen Anruf bekommen. Wahrscheinlich hatte die Putzhilfe an Ähnliches gedacht, denn nachdenklich sagte sie: „Nein, dies bringe ich nicht übers Herz."

Beide waren sich einig, man müsse etwas unternehmen. Aber was?

Die Putzhilfe hatte zwischenzeitlich *Schlampe* in *Madame* geändert und sagte: „Diese Inserate haben für alle zu einer Nervenbelastung geführt."

M. D. nickte.

M. D. war nicht mehr aufgeregt. Auch die Putzhilfe hatte sich beruhigt. Es schien, als sei sie jetzt von einer großen Last befreit, die sie seither mit sich trug. Er versprach, nach einer Lösung zu suchen, fügte aber gleich hinzu, *Fifi* würde er in jedem Falle behalten.

Die ganze Zeit über hatte M. D. seine Putzhilfe angeschaut. Es kam ihm vor, als wäre sie mager geworden. Ihr Gesicht wirkte eingefallen und blass. Ihre Augen lagen tief in den Augenhöhlen. Wenn sie aufgeregt war, fiel ihm das besonders auf.

Ihr Mann verließ das Haus und verabschiedete sich übertrieben freundlich von M. D. Dieser Kerl widerte M. D. an. Er hasste ihn.

M. D. machte sich um seine Putzhilfe Sorgen. War sie durch zusätzliche Arbeit überfordert? Das konnte nicht sein. Es wurde geruhsam und ohne Hektik, direkt gemütlich bei ihm gearbeitet, mit langen Gesprächspausen. Das war ihm sehr wichtig. Auch bestand er darauf, dass sie beim Essen immer ein Glas Burgunder trank. Er sah in ihr eine ihm nahe stehende Person. Sie war ein grundehrlicher Mensch, wie man ihn selten findet. In ihren Äußerungen war sie direkt und unverblümt. Es konnten keine Probleme aufkommen. Einen so liebenswürdigen Menschen hatte er in seinem Leben selten kennen gelernt. Sie erwärmte sein Inneres. Er war glücklich, sie zu haben, doch bemühte er sich, ihr seine Fürsorge zu verbergen.

Immer wieder überkam ihn plötzlich eine dumpfe Schwermut, ähnlich, wie er sie früher bei seiner Frau empfand. Er kam dann ins Grübeln und wünschte sich an seinem Körper einen Mechanismus, einen Drücker oder Hebel, um damit alles ihn Quälende abschalten zu können. Aber diesen Komfort gibt es leider nicht.

In Gedanken versunken schloss er seine Haustüre auf. Als *Fifi* das ihr bekannte Geräusch hörte, kam sie aus dem Wohnzimmer. Sie wartete immer auf der obersten Treppenstufe. Dieses Mal kam sie sehr elegant Stufe um Stufe herunter, immer behutsam ihre Pfoten aufsetzend. Unten angekommen, tingelte sie mit ihrem Hinterteil wackelnd, wie es manchmal junge Frauen tun, um M. D. herum. Dieser brach in schallendes Gelächter aus. Er ging jetzt geradeaus in die Küche. Obwohl mittwochs *Fifi* ihren „Tatartag" hatte, bekam sie an jenem Samstag eine Sonderzugabe.

Draußen schien wieder die Sonne. M. D. machte sein Küchenfenster auf, stützte sich mit den Händen auf das Fensterbrett und ließ sich mit geschlossenen Augen anstrahlen. Es ging ihm wieder gut. Der Alkohol hatte sich komplett verflüchtigt. Zwar hatte er noch Rückenschmerzen, die er aber nur wahrnahm, wenn er daran dachte.

Madame fiel ihm ein, die auf ein Lebenszeichen ihrer *Mini* wartete. Er fühlte sich nicht wohl in seiner Haut. Sein Gewissen zwickte. Er würde tätig werden, hatte er seiner Putzhilfe versprochen. Also würde er möglichst bald anrufen und das *Fifi*-Problem aus der Welt schaffen, dachte er etwas halbherzig.

Wenn bei M. D. ein Vorhaben so weit gediehen war, führte er dies auch immer aus. Es war dann nur noch eine Frage der Zeit.

Seine geistigen Vorarbeiten begannen. Es wird nicht leicht werden. Es wird ein Tauziehen um seine *Fifi* geben. Wie wird dieses Spiel ausgehen? Für ihn stand fest, er würde kämpfen. Es durften keine Inserate mehr erscheinen. Seine Putzhilfe durfte sich nicht mehr aufregen. Das war ihm wichtig.

M. D. nahm sich vor, *Madame* möglichst bald anzurufen. Über Sonntag verdrängte er sein Vorhaben. Er flog Warteschleifen.

Am Montagmorgen stieg er nervös aus seinem Bett, obwohl er gut geschlafen hatte. Etwa um 10 Uhr wollte er Madame anrufen. Es wurde Mittag. M. D. kniff.

Eine kleine Spinne lief über den Küchentisch. M. D. verfolgte sie mit großen Augen, bis sie verschwunden war. Früher freute sich seine Frau immer, wenn sie um die Mittagszeit eine Spinne sah, und sagte: „Spinne am Mittag bringt Glück am nächsten Tag."

M. D. freute sich sehr über diese Begegnung. Er sah in dieser Spinne ein gutes Omen für den nächsten Tag.

Entspannt ging M. D. in sein Wohnzimmer. *Fifi* folgte ihm. Er schenkte sich ein Glas Burgunder ein. Die Flasche stellte er beiseite, denn es sollte

58

bei einem Glas bleiben. Er bereitete sich gedanklich auf das Gespräch mit *Madame* vor. Spinne und Burgunder hatten ihn angriffslustig gemacht. Er dachte über Argumente und Gegenargumente nach, machte sich ein Konzept zurecht, das er bald wieder verwarf, denn alles kam doch meistens anders, als man dachte. Aber *Madame* würde sicher erstaunt sein, warum er sich erst nach Wochen meldete. Das war schon mal gut. Sie musste somit annehmen, dass ihre Katze bis jetzt umhergeirrt sei. Daraus ließe sich etwas machen.

Direktes Lügen war M. D. unangenehm. Er wich unangenehmen Fragen aus. Wenn es nicht anders ging, versuchte er, sich glaubhaft herauszureden. Perfektes Herausreden, ohne dabei aufzulaufen, sah er als eine hohe Kunst an. M. D. beherrschte diese Kunst ganz gut.

Seine Putzhilfe kam wie gewohnt. Auch *Fifi* freute sich, sie wiederzusehen. Es ging alles seinen normalen Gang, aber dann wollte die Putzhilfe wissen, ob sich M. D. Gedanken über das am vergangenen Samstag geführte Gespräch gemacht habe. Daraufhin erwiderte er ziemlich selbstsicher, dass in dieser Woche alles geklärt werde.

Den ganzen Vormittag war die Putzhilfe sehr schweigsam. Dieses Schweigen empfand M. D. als belastend. Es wurde ihm eng in der Brust. Dieser Druck musste raus. Telefonieren war das Ventil.

Als seine Putzhilfe gegangen war, griff er spontan zum Telefonhörer. Er war aggressiv, damit überwand er seine Hemmungen.

Es meldete sich eine Frau mit forscher Stimme. Sie musste noch jung sein. Das fängt ja gut an, dachte M. D. Er hätte sich lieber eine ältere Dame gewünscht. Er bedauerte, dass *Fifi* nicht sprechen konnte. Ohne Umschweife würde sie sich am Telefon für ihn entscheiden und diese Angelegenheit wäre erledigt.

M. D. hielt verkrampft den Hörer in der Hand. Er wollte um seine *Fifi* kämpfen, die bei ihm ein schönes Zuhause gefunden hatte und die ihm sein Leben verschönerte.

Am Telefon nannte M. D. seinen Namen. Kurz und bündig teilte er mit, ihm sei eine junge schwarze Katze zugelaufen. Sofort verlor sich der forsche Tonfall der Frau und lachend sagte sie: „Endlich ein Lebenszeichen von *Mini*!"

Im Hintergrund hörte M. D. jemanden sprechen. Die Dame am Telefon bat um einen Augenblick Geduld, denn sie wolle den Hörer Madame Vuillard übergeben, ihr wäre *Mini* entlaufen.

Hocherfreut meldete sich eine vermutlich ältere Dame, deren Stimme M. D. sofort sympathisch war. Er dachte: Warum nicht gleich so? Seine Nervosität legte sich etwas.

M. D. nannte nochmals seinen Namen und seinen Wohnsitz. Er sagte, dass *Mini*, die er *Fifi* nenne, erst seit Kurzem bei ihm sei. Es sei ihm unverständlich, wie *Mini* diese lange Wegstrecke zu ihm unbeschadet überstanden habe.

Madame Vuillard war nun sehr aufgeregt und wollte wissen, ob *Mini* abgemagert oder gar krank sei. Beruhigend sagte M. D., es ginge ihr besser. Sie würde jetzt Milch trinken und auch etwas fressen. Aber sie sei sehr scheu und ließe sich nicht fangen. Er sei ein großer Tierfreund, sicher würde *Mini* dies spüren, denn sie habe sich schon etwas beruhigt.

Madame Vuillard berichtete, dass sie auf den Rollstuhl angewiesen sei. Ihre Betreuerin könne aber *Mini* mit dem Katzenkorb abholen und ihm eine Belohnung mitbringen.

M. D. lief es heiß und kalt über den Rücken. Jetzt fühlte er sich gefordert.

Eine Belohnung nehme er auf keinen Fall an, sagte er schnell. In ruhigem Ton erwähnte er nochmals, *Mini* sei sehr scheu. Auch käme es ihm vor, als hätte sie „einen Schuss weg", er meine damit, sie sei psychisch verstört.

Eine Pause trat ein. Dann schlug Madame Vuillard besorgt vor, einen Tierarzt zu rufen. M. D. dachte, er habe mal wieder zu dick aufgetragen. So etwas musste jetzt ja kommen. „Nein, nur dies nicht!", sagte er beschwörend. *Mini* brauche Ruhe und nicht neue Aufregungen und zudem, das mit den Psychologen sei so eine Sache. Auch wisse er nicht, ob es welche für Tiere gäbe.

Madame Vuillard dachte nach. Bevor sie ausgedacht hatte, ergriff M. D. das Wort und meinte, Rollstühle seien zusammenklappbar, somit sei es doch möglich, dass sie übergangsweise, bis es *Mini* wieder gut ginge, diese bei ihm besuche, und er fügte hinzu, er habe einen geräumigen Citroën.

Auch seine verstorbene Frau sei auf einen Rollstuhl angewiesen gewesen, log er. Beim Autofahren habe es nie Probleme gegeben.

Madame Vuillard besprach sich mit ihrer Betreuerin. Diese meldete sich am Telefon und meinte, sie wollten ihm aber keine Umstände bereiten.

„Absolut nicht!", erwiderte M. D. Es wäre ihm ein großes Vergnügen, sagte er galant, die beiden Damen kennen zu lernen, und wurde gleich konkret. Er schlug als Besuchstermin den darauffolgenden Tag vor, einen Donnerstag, etwa 16 Uhr. Darauf einigten sie sich.

Das Wetter war zwar sehr schön, aber dies konnte sich schnell ändern, ebenso die Meinung der beiden Damen.

M. D. legte den Hörer auf und dachte jubilierend, die beiden Damen habe er im Sack. M. D. ging bald zu Bett und schlief traumlos durch. Er hatte immer einen guten Schlaf. Am Morgen fühlte er sich ausgeruht und gestärkt, den Aufgaben des Tages gewachsen. An jenem Tag war dies besonders wichtig.

Er versorgte *Fifi*, dann nahm er in Ruhe sein Frühstück ein. Anschließend absolvierte er sein Training. Alles wie gewohnt. Er ließ keine Nervosität aufkommen.

Die Putzhilfe schloss die Haustüre auf. Ihr entgegen kamen *Fifi* und M. D. Sie schaute M. D. gleich etwas sonderbar an. Er war wie immer, aber dennoch bemerkte sie an ihm eine Veränderung. Bevor sie etwas sagen konnte, nahm er ihr den Einkaufskorb ab. Er zog sie am Arm ins Wohnzimmer. Sie musste sich setzen.

Es sei heute ein besonders wichtiger Tag, sagte er ihr. Heute müssten sie mit dem Kopf arbeiten, denn sie bekämen hohen Besuch. M. D. deutete auf *Fifi*. Die Putzhilfe begriff.

M. D. fing theatralisch an zu erzählen.

Bis hier hatte es M. D. geschafft, nicht nervös zu werden, im Gegensatz zu seiner Putzhilfe. Ihr Gesicht lief rot an und sie bekam weiße Flecken. M. D. winkte sofort ab. Er würde das Kind schon schaukeln, meinte er, und sie könne die Taubstumme spielen. Daraufhin verloren sich die weißen Flecken im Gesicht der Putzhilfe.

M. D. spielte sich als großer Macher auf. Es imponierte ihm, dass er auf die Putzhilfe Eindruck machte.

Aus der Gartenlaube holte er einen runden Tisch mit vier Stühlen. Er stellte die Garnitur unter die drei Birken vorne am weißen Gartenzaun. Die dort vorbeiführende schmale Straße hatte eine Kurve. Jedes vorbeifahrende Auto musste dort abbremsen.

Fifi fand diese Geräusche störend. Sie ging nie zu dem weißen Gartenzaun.

Es war erst 10 Uhr. Die Putzhilfe holte aus dem Haus eine schöne Tischdecke und legte sie auf den Tisch. Sie war sehr schweigsam, auch wirkte sie etwas hilflos. Sie verstand nicht, warum jetzt die Sitzgarnitur von der Gartenlaube am Gartenzaun stand. M. D., der sie beobachtete, bereitete sich auf seinen Auftritt vor. Er setzte sich auf einen Stuhl und bat die Putzhilfe, dasselbe zu tun. Er legte seine Karten auf den Tisch. Dabei kam er sich vor wie ein Stratege, wie Napoleon. Er begleitete seine Ausführungen mit übertriebenen Handbewegungen. Vielleicht machte es einst Napoleon ebenso? Er erklärte ihr, was ihn veranlasst hatte, mit der Gartengarnitur Stellungswechsel zu beziehen. *Fifi* stand beim Haus. Sie kam nicht nach vorne und bestätigte somit seine Darstellung.

Die Putzhilfe bewunderte M. D. Er nahm dies wohlwollend zur Kenntnis. Es beflügelte sein Tun an jenem Tag.

In einer Konditorei kaufte M. D. eine Sahnetorte und frischen Kaffee. Mit Feuereifer brachte er alles nach Hause. *Fifi* kam ihm schwanzwedelnd entgegen. Sie dachte sicher, alles wäre für sie, und lief ihm mit hoch gestrecktem Halse nach. Er streichelte sie liebevoll. Die Putzhilfe war gerührt. Dann holte sie eine große Schale und brachte die Torte in Sicherheit.

Zwischenzeitlich war es 13 Uhr. Beide dachten nicht an Essen. Das zu erwartende Ereignis hatte ihren Hunger verdrängt.

Schon um 14 Uhr machte sich M. D. auf den Weg. Er wollte Madame Vuillard zuvor noch einen Blumenstrauß kaufen, auch wollte er die Örtlichkeiten auskundschaften.

Im Blumengeschäft bat er die Verkäuferin um einen schönen Strauß. Dieser dürfe zwanzig Euro kosten. Der Strauß sei für eine Dame bestimmt, sagte er.

Nach zehn Minuten erschien die Verkäuferin mit einem herrlichen Rosenstrauß.

M. D. erschrak. Er wurde sehr verlegen. Genau solche „Apparate" brachte er früher seiner Frau. Kleinlaut sprach er etwas von Missverständnis vor sich hin und räusperte sich. Wieder gefasst stellte er klar, dass er für eine ältere gebrechliche Dame einen schönen unaufdringlichen Strauß wünsche.

M. D. richtete sich auf. Er zeigte sich stattlich, schob seinen Brustkorb nach vorne, als wollte er sagen: Nein, diese Dame ist für mich wirklich nicht die Richtige.

Die Blumenverkäuferin verstand. Nach weiteren zehn Minuten brachte sie einen sehr schönen Strauß. M. D. fand ihn unaufdringlich. Er war damit zufrieden. Auch war er mit nur 15 Euro preisgünstiger. M. D. bezahlte mit einem Zwanzig-Euro-Schein und überließ der Verkäuferin die restlichen fünf Euro. Sie freute sich sehr darüber, begleitete M. D. zur Ladentüre und machte sie ihm auf.

Auf der Straße blieb M. D. kurz stehen. Er schaute hoch zum blauen Himmel und dachte, jetzt sei er wieder ein Stück weitergekommen.

Zwischenzeitlich war es 15 Uhr geworden. Der Autoverkehr hatte zugenommen und damit auch die Nervosität von M. D. Das Autofahren auf sehr belebten Straßen war er nicht mehr gewohnt.

Madame Vuillard wohnte in einem feinen Neubaugebiet. Alle Häuser waren mehrstöckig und hatten davor Grünstreifen, alle gleich breit und unterschiedlich lang. Alles war sich zum Verwechseln ähnlich. Hausnummern waren hier besonders wichtig. In diesem Bezirk wollte M. D. nicht wohnen. Er war glücklich, ein so schönes Häuschen mit Garten zu haben. In Gedanken versunken fuhr er die Straße ab.

Das Haus von Madame Vuillard hatte er bald gefunden. Das Finden eines Parkplatzes jedoch war ein Problem. Die Straße war ziemlich zugeparkt. Es fiel ihm auf, dass hier fast nur Autos der gehobenen Mittelklasse parkten. M. D. quetschte seinen alten Citroën zwischen zwei schöne Karossen.

Diese Autoumgebung gefiel ihm überhaupt nicht. Er genierte sich etwas. Hier wohnten keine armen Leute. Sicher wird Madame Vuillard denken, wenn sie ihren schönen Strauß sieht, sie werde mit einer Nobelkarosse abgeholt.

Fifi fiel ihm ein und erinnerte ihn an seine Aufgabe. Dies gab ihm einen Schub.

An der rechten Seite des Eingangs waren die Namen der Hausbewohner angebracht. Vier Familien wohnten in diesem Haus. Madame Vuillard wohnte im dritten Stock. Über ihr wohnte ein Professor.

M. D. war gerade im Begriff, zu klingeln, als die Haustüre aufging und eine feine Dame nach draußen trat. Er nahm sofort die Gelegenheit wahr und schlüpfte durch den Eingang. Er konnte sich nun in Ruhe umsehen. Alles war vom Feinsten. Das Haus hatte einen Aufzug, um den sich eine Treppe nach oben wand. Alles war marmorähnlich getäfelt. Es ist unerklärlich, kam ihm in den Sinn, wie es *Fifi* geschafft hatte, aus diesem modernen Verlies zu entkommen.

Er ging wieder aus dem Haus, machte die Türe zu und drückte die Klingeltaste von Madame Vuillard.

Sehr freundlich meldete sich die Betreuerin und schon summte der Türöffner. Der Fahrstuhl war unten, er stieg ein und fuhr zum dritten Stock.

Die Betreuerin begrüßte ihn. Etwas überrascht schaute sie auf den schönen Strauß. Vielleicht hätte der Strauß nicht so groß ausfallen sollen, dachte er. Dieser könnte vielleicht Verdacht erwecken? Egal, es war geschehen.

Gegenüber der Fahrstuhltüre war die Wohnung von Madame Vuillard. Ideal für eine Rollstuhlfahrerin.

Madame Vuillard kam ihm entgegengerollt. Sie entsprach ganz seiner Vorstellung. Sie war sicherlich über siebzig Jahre alt, wirkte sehr gebrechlich, hatte aber einen lebendigen Blick, dem wohl nichts entgehen würde. Aufgepasst, dachte er. Dennoch fand er sie sehr sympathisch. Besonders der Tonfall ihrer Stimme war ihm angenehm.

Sie begrüßte M. D. sehr herzlich. Den Blick auf den schönen Strauß gerichtet, sagte sie das Übliche – und das sehr lange. M. D. fand den Strauß jetzt störend, überhaupt nicht angebracht. Er machte ihn zwischen den beiden Damen verlegen. Mit Entsetzen dachte er an den Rosenstrauß.

Mit dieser freundlichen Person und dem Blumenstrauß hatte Madame Vuillard sicher nicht gerechnet. Etwas verlegen schaute sie auf den Boden und fragte dann, ob sie eine Tasse Kaffee anbieten dürfe. Bevor es peinlich werden konnte, sagte M. D., Kaffee würden sie gemeinsam in seinem Garten trinken, und er fügte hinzu, mit *Mini*. Man war beim Thema.

Die Betreuerin ging aus dem Wohnzimmer. M. D. schaute sich diskret um. Das Wohnzimmer war groß, hell tapeziert und hatte einen Balkon. Das Mobiliar war etwas älter. Es hatte Stil. Besonders der große Bücherschrank, der mit Büchern vollgestopft war, gefiel ihm.

Die Betreuerin kam zurück. Sie hatte in der linken Hand eine Tasche und in der rechten einen Katzenkorb.

M. D. zuckte zusammen. Der Katzenkorb ließ seine letzten Haare zu Berge stehen. Er dachte, das habe er nun von seiner Gewissenhaftigkeit. Ehrlichkeit sei oft Dummheit. Hier habe er den Beweis. Es ging aber nicht anders. Er habe sich melden müssen, sonst hätte sein Gewissen keine Ruhe gegeben.

Im Kopf drehte sich alles wie ein Karussell. *Fifi* dürfe sich nicht fangen lassen, dachte M. D. Mit Sicherheit würde sie nicht vor zur Straße kommen. Das beruhigte ihn. Er musste Zeit gewinnen. Das wäre durch *Fifis* „Verwirrtsein" möglich.

Behutsam musste er Madame Vuillard überzeugen, dass ihre schöne Wohnung für ihre *Mini* nicht das Richtige sei. Vielleicht sei sie auch deshalb durchgebrannt. Aber sie könne sie doch, und darüber würde er sich sehr freuen, täglich besuchen. An ihm würde es nicht liegen. M. D. vertraute auf sein diplomatisches Geschick.

Ja, das hörte sich alles sehr schön an und für jeden verständlich. Aber was würde sein, falls Madame Vuillard stur wäre, was bei älteren Menschen keine Seltenheit ist. Wenn sie vor Gericht ginge und ihre *Mini* unbedingt wiederhaben wollte? Gerade ältere Damen bekommen vor Gericht in solchen Fällen immer Recht.

Madame Vuillard sagte, sie würde große Umstände bereiten, und holte M. D. damit aus seinen Gedanken.

„Nein, keineswegs!", sagte er schnell. Er sei allein stehend und sehr froh darüber, dass sich alles so ergeben habe. Diese Begegnung sei für ihn eine willkommene Abwechslung.

Madame Vuillard kam in Aufbruchstimmung. Sie war sehr gesprächig. Die Betreuerin dagegen sprach sehr wenig. Es schien so, als sehe sie in dieser Fahrt eine zusätzliche Belastung, der sie sich nicht entziehen konnte. Man musste den Eindruck haben, dass sie ihre Tätigkeit bei Madame Vuillard lediglich als einen Job ansah. Eine tiefe Zuneigung zu Madame Vuillard und *Mini* schien sie nicht zu haben.

Der liebenswürdige M. D. tanzte um den Rollstuhl. Hauptgrund war, sich über dieses Gefährt zu informieren. Er tastete mit seinen Händen da und dort, dabei hatte er sehr schnell den Mechanismus verstanden. Endlich gab es etwas, was seine Gedanken ablenkte. Madame Vuillard schaute ihm interessiert zu. Sie wollte von M. D. wissen, wie lange seine Frau im Rollstuhl gesessen habe.

„Sechs Jahre bis zu ihrem Tod", sagte er, ohne zu überlegen.

M. D. war nicht mehr nervös. Seine etwas eckigen Bewegungen hatten sich verloren. Er wirkte ruhig und gelassen und das übertrug sich auf die beiden Damen. Es schien, als vertrauten sie ihm voll und ganz.

Die Betreuerin hielt in der einen Hand die Tasche und in der anderen den Katzenkorb. Sie fühlte sich damit ausgelastet.

Madame Vuillard gab M. D. den Schlüssel der Wohnungstüre und bat ihn, abzuschließen, so, als wären sie schon seit Langem gute Bekannte. Er warf dabei noch einen Blick auf den Strauß, den die Floristin mit einer Schleife versehen hatte. Er stand in einer sehr schönen Vase.

M. D. kümmerte sich souverän um alles. Im Erdgeschoss öffnete er vielleicht etwas zu galant die Haustüre, was der Betreuerin ein Lächeln entlockte.

Erdgeschoss und Trottoir waren ebenerdig und somit ideal für Rollstuhlfahrer.

Auch am Citroën klappte alles bestens. Madame Vuillard war ein Federgewicht. Behutsam trug er sie zum Citroën und setzte sie auf den Beifahrersitz. Mit wenigen Handgriffen war der Rollstuhl zusammengeklappt und im Kofferraum verstaut.

Die Betreuerin staunte. Sie hatte keinen Grund mehr, ihn zu belächeln. Sie setzte sich auf den Rücksitz und nahm die Tasche und den verfluchten Katzenkorb neben sich.

Vor dem Citroën war eine Parklücke frei geworden. M. D. konnte bequem losfahren. Er schaltete das Radio ein und suchte einen Sender mit schöner Musik. Den beiden Damen sollte diese Fahrt gefallen. Er bemühte sich, sie zu unterhalten, und erzählte von seinem Garten und Häuschen. Auch erwähnte er sein Blumenbeet, in dem das ganze Jahr über Blumen blühten.

Die Fahrt gestaltete M. D. bewusst umständlich. Er fuhr kreuz und quer auf Nebenstraßen. Dabei wollte er die Damen etwas näher kennen lernen und zugleich demonstrieren, was für eine lange Wegstrecke ihre *Mini* zurückgelegt haben musste.

An seinem Häuschen angekommen, stieg er aus und öffnete die Einfahrt. Beim Einfahren gab er mehr Gas als üblich und erzeugte damit ein Aufheulen des Motors, eben das Geräusch, das *Fifi* absolut nicht leiden konnte. Sie war auch nirgendwo zu sehen.

Die Putzhilfe kam ihnen entgegen. Man machte sich bekannt. Dann setzten sie sich an den gedeckten Tisch. Die Putzhilfe hatte alles sehr schön arrangiert. Sie hatte auch vom Blumenbeet einen schönen Strauß auf den Tisch gestellt.

M. D. schielte durch die Gegend und hielt nach seiner *Fifi* Ausschau. Schließlich sah er ihren Kopf zur Hälfte hinter der Hausecke. Es sah aus, als würde sie mit einem Auge hervorschauen. Sie war schon immer sehr neugierig. Dann verschwand sie.

Erstaunlicherweise war während der Fahrt nicht über *Mini* gesprochen worden. Das änderte sich am Tisch schlagartig. Anscheinend wollten die beiden Damen das Versäumte nachholen. Sie hatten keinen Blick mehr für den gedeckten Tisch mit Blumenstrauß. Sie wollten ihre *Mini* haben. Hierfür zeigte M. D. volles Verständnis. Die Putzhilfe bekam vor Aufregung wieder ihre weißen Flecken im Gesicht.

„Wir wollen jetzt nach *Mini* schauen", sagte M. D. in ruhigem Ton. Er fuhr Madame Vuillard langsam durch den Garten. Sie rief nach ihrer *Mini* und M. D. nach seiner *Fifi*. Am Schluss folgte die Betreuerin, dieses Schreckgespenst mit dem Katzenkorb. Aber *Mini* war nirgendwo zu sehen, sie spielte hervorragend mit.

Plötzlich aber sprang sie hinter dem Hause hervor, zum Blumenbeet und um dieses herum. Dann flüchtete sie, durch das Geschrei verängstigt, ins Haus.

M. D. nahm der Betreuerin den Katzenkorb ab und versicherte den beiden Damen, er würde sich bemühen, *Mini* einzufangen. Die Damen quittierten dies mit einem dankbaren Nicken.

M. D. ging mit dem Katzenkorb in das Haus und schmiss ihn in die nächste Ecke. Dann ging er hoch in das Wohnzimmer. Dort saß *Fifi* im Körbchen und putzte ihre Pfoten. Er nahm sie hoch und drückte sie liebevoll an sich. Danach setzte er sie wieder in ihr Körbchen, ging aus dem Zimmer und schloss die Türe ab.

Ohne Katzenkorb und ohne *Mini* kam M. D. aus dem Haus. Er ging auf die beiden Damen zu und simulierte den Erschöpften, dabei wischte er sich die Stirn ab, auf der sich keine Schweißtropfen befanden.

M. D. berichtete aufgeregt, *Mini* hätte einen psychischen Rückfall erlitten. Beinahe hätte er sie gefangen. Sie hätte ihn furchtbar angefaucht und sei dann hoch in das dunkle Dachgeschoss geflüchtet. Sie sei jetzt wieder genauso verwirrt wie zu Anfang, als sie zu ihm kam. Daraufhin wollte die Betreuerin wissen, wann *Mini* hierher kam. „Erst kürzlich", sagte M. D. und lenkte das Gespräch wieder auf *Minis* Verhalten.

Sichtlich deprimiert ging man zu dem gedeckten Tisch zurück. Die Putzhilfe schenkte Kaffee ein. Langsam beruhigten sich die Gemüter.

Mini müsse Schreckliches erlebt haben, sagte die Betreuerin. Durch diese Annahme fühlte sich M. D. wie am Rednerpult. Alles Schreckliche, was er sich früher einmal in seiner Fantasie über *Fifis* Irrwege ausgemalt hatte, gab er zum Besten, stoppte aber seine Ausführungen sofort, als er in den Augen von Madame Vuillard Tränen schwimmen sah.

M. D. ging zu *Minis* Tagesablauf über. Er erzählte, dass sie jetzt regelmäßig esse und trinke. Sie sei meistens im Garten und ginge ungerufen ins Haus, in dessen unmittelbarer Nähe sie sich immer aufhalte. Weglaufen würde sie nicht. Sie ginge nicht einmal vor zum Gartenzaun. Im Garten habe sie schon zwei Mäuse gefangen. Entsetzt schauten die beiden Damen M. D. an. Dieser korrigierte sich daraufhin, aber es handele sich nur um zwei winzig kleine, vielleicht doppelt so groß wie sein Fingernagel, und er fügte hinzu, vor erwachsenen Mäusen habe sie Angst. Die Putzhilfe bekam einen hochroten Kopf, senkte ihn und unterdrückte ihr Lachen.

Das Gespräch ging in eine gemütliche Atmosphäre über. Es war auch Zeit.

M. D. wirkte entspannt. Seine *Fifi* war hinter Schloss und Riegel. Man war sich einig, dass *Mini* ein Trauma verkraften müsse, und hierfür sei der Garten genau das Richtige. M. D. fügte hinzu, *Mini* befände sich hier in einem Sanatorium. Die Damen nickten. Madame Vuillard wollte für diesen „Sanatoriumsaufenthalt" bezahlen. M. D. wies dieses Angebot entrüstet zurück und sagte, als Tierfreund könne er kein Entgelt annehmen. Er bot aber Madame Vuillard an, sie mehrmals in der Woche mit seinem Citroën abholen zu dürfen, um *Mini* zu besuchen.

Madame Vuillard schien diesen Vorschlag freudig aufzunehmen. Sie schaute sich im Garten um, dann sagte sie nach kurzer Pause, hier sei es wunderschön.

Die Betreuerin begrüßte auffallend eifrig diesen Vorschlag. Vielleicht erhoffte sie sich dadurch freie Nachmittage?

Die erste Schlacht war geschlagen und gewonnen. Aber die letzte Schlacht ist entscheidend. Vielleicht aber war die erste schon die letzte? M. D. kam in Hochstimmung. Der Kuchen war fast verzehrt und die zweite Kanne Kaffee getrunken, da verspürte M. D. das Bedürfnis nach einem Glas Burgunder. Schelmisch lächelnd fragte er seine Gäste, ob sie auch ein diesbezügliches Bedürfnis verspürten. Man verspürte es nicht. So werde er eben ein Gläschen auf das Wohl der Anwesenden trinken. Er stand auf und holte eine Flasche Burgunder mit Glas. M. D. trank fast ein halbes Glas Wein in einem Zug. Das Zusammensein wurde sehr gemütlich. Es wurde viel gelacht. Von *Mini* sprach niemand mehr.

Seine Putzhilfe, die neben ihm saß, hatte vorausschauend aus der Küche eine Flasche Mineralwasser geholt und schenkte M. D. damit nach. Als er protestieren wollte, deutete sie lächelnd auf die beiden Damen, hob warnend ihren Zeigefinger und sagte, er müsse später die beiden Damen sicher nach Hause bringen. M. D. verstand. Das Trinken, dachte er, könnte zudem einen schlechten Eindruck auf die beiden Damen machen. Mit einem Blick bedankte er sich bei seiner Putzhilfe und schaute sie dabei lange an. Dies tat er in letzter Zeit öfter. Artig nahm er die Flasche Burgunder vom Tisch und stellte sie auf den Boden neben seinen Stuhl.

Es war ein sehr warmer Nachmittag. Die Sonne schien vom wolkenlosen Himmel.

M. D. musste immer wieder den Sonnenschirm verstellen, damit seine Gäste im Schatten saßen, dabei spielte er hervorragend den Gastgeber und Unterhalter. Er erwarb sich damit immer mehr die Sympathie von Madame Vuillard. Auch die anfangs skeptisch und reserviert wirkende Betreuerin war gesprächiger geworden. Sie war etwa 35 Jahre alt und erzählte von ihrer unglücklichen Liebe, die ihr noch immer im Magen läge. Sie erzählte ihre Geschichte ziemlich locker, so dass man annehmen musste, sie hätte das Schlimmste schon verdaut.

Madame Vuillard war früher Gymnasiallehrerin für Mathematik. Sie war ledig geblieben. Über Männer sprach sie, als wären es Wesen von einem anderen Stern. Man musste somit annehmen, dass sie unschuldig durch das Leben ging. In ihrem Leben machte sie sehr große Reisen und konnte hierüber Interessantes erzählen.

Sie versprach, beim nächsten Besuch ihren großen Karton mit Fotos mitzubringen. Alben habe sie keine angelegt. Wenn sie Fotos ansehen wolle, greife sie wahllos in den großen Karton wie in eine Glückstüte und ließe sich überraschen.

M. D. lächelte verschmitzt in die Runde. Unter dem Tisch rieb er sich die Hände. Er freute sich über diesen gelungenen Nachmittag.

Erst gegen 20 Uhr dachte man an die Rückfahrt. Mit diesem langen Besuch hatten M. D. und seine Putzhilfe nicht gerechnet. Die beiden Damen sicher auch nicht.

Den restlichen Kuchen packte die Putzhilfe ein und legte ihn in die Tasche der Betreuerin. Madame Vuillard bekam einen schönen Strauß vom Blumenbeet.

Die verhärmten Gesichtszüge von Madame Vuillard hatten sich verloren. Man hätte meinen können, sie habe an jenem Nachmittag etwas Farbe bekommen.

Auf der Rückfahrt machte M. D. wieder einen Umweg. Auf den Straßen war sehr viel Verkehr. Als er einmal bremsen musste, meinte die Betreuerin, es sei wirklich ein Wunder, dass *Mini* diese lange Strecke lebend überstanden habe. Ihre psychische Erkrankung könne man verstehen. Madame Vuillard schaute in Gedanken versunken vor sich hin und nickte mehrmals.

Die Fahrt verlief sehr unterhaltsam. M. D. hatte wieder das Radio mit schöner Musik eingeschaltet. Anfang gut, alles gut. Das traf für diesen Nachmittag zu.

Unweit von Madame Vuillards Wohnung war ein Parkplatz frei. Alles klappte perfekt. Madame Vuillard wurde ohne die geringsten Schwierigkeiten in ihre Wohnung gebracht.

Man verabschiedete sich sehr herzlich. Madame Vuillard bedankte sich für den schönen Nachmittag und dafür, dass ihre *Mini* in so guten Händen sei.

Es wurde vereinbart, dass M. D. jeden zweiten Tag Madame Vuillard abholen würde, auch wenn es regnen sollte. Er fügte hinzu, in seinem Häuschen sei es sehr gemütlich. Madame Vuillard neigte ihren Kopf zur Seite und lächelte.

Ohne den Citroën aufheulen zu lassen, fuhr M. D. auf sein Gartengrundstück. Der Tisch war abgeräumt und die Tischdecke entfernt. Die Putzhilfe kam ihm lächelnd entgegen. Beide beglückwünschten sich zu dem gelungenen Nachmittag. Sie stand dicht vor ihm. Er schaute sie an. Wie schön wäre es doch, sie einmal in die Arme zu nehmen. Aber es ging nicht. Dies wäre unmöglich gewesen. Er hatte Angst, etwas kaputt zu machen. Ein Glas Burgunder musste sie jedoch mit ihm trinken. Er schielte zum Tisch, unter dem noch die Burgunderflasche stand. Mit schnellen Schritten ging er ins Haus und kam mit zwei Weingläsern und Gebäck zurück. Er bat seine Putzhilfe treuherzig, sie möge doch bitte noch eine kurze Zeit bleiben. Er wolle mit ihr diesen Tag feiern. Sie nahm ihm das Gebäck ab und lächelte. Beide setzten sich an den Tisch.

Es war wieder ein sehr schöner Tag, als Madame Vuillard abgeholt wurde. M. D. kümmerte sich um alles. Die Betreuerin musste nicht mit anfassen. Dies konnte sie auch nicht, denn sie hielt einen großen Karton in den Händen. Es war der beim letzten Besuch erwähnte Karton mit Fotos.

Der Tisch unter den drei Birken war wieder sehr schön gedeckt. Auch ein schöner Strauß vom Blumenbeet stand darauf.

Fifi war hinter Schloss und Riegel. Sie schaute aus dem Wohnzimmerfenster, das sich auf der Westseite des Hauses befand. Der Besuch und

Fifi konnten sich somit nicht sehen. Das Zusammensein konnte beginnen. Madame Vuillard war etwas aufgekratzt. Sie ahnte, dass sie an jenem Nachmittag im Mittelpunkt stehen würde. Immer wieder schaute sie zu ihrem großen Karton, der seitlich auf einem Stuhl stand. Auch die anderen erwarteten von diesem Karton etwas Spannendes. Kaffee trinken war diesmal nur eine Pflichtübung. Alle waren froh, als abgeräumt wurde.

Dann endlich stand der Karton auf dem Tisch. Er nahm die halbe Tischplatte ein. Erwartungsvoll griff Madame Vuillard hinein. Jedes herausgezogene Bild machte die Runde. Mit manchen Bildern konnte sie nichts anfangen, sie konnte sich nicht mehr erinnern und legte sie zurück. Auf einem Bild war sie als junge Frau abgebildet. In ihrer Jugend, dachte M. D., war sie auch nicht hübscher.

Es gab lustige Episoden, z. B. machte ein Bild die Runde, auf dem Madame Vuillard mit drei Männern abgebildet war. M. D. ließ ein „Olala" hören. Madame Vuillard winkte ab. Sie sagte: „Nur Kollegen – nichts gewesen." Alle lachten laut. Auch Madame Vuillard lachte. Die Betreuerin schaute sie ungläubig an. Dieses Lustigsein kannte sie von ihr nicht.

Die Zeit verging im Fluge. Der Abend war viel zu schnell gekommen. Für alle war es ein wunderschöner Nachmittag. Beim Abschied meinte Madame Vuillard, sie freue sich auf das nächste Mal.

Der nächste Besuch war verregnet. Madame Vuillard wurde mit ins Haus genommen, was kein Problem war. Zur ersten Etage waren es nur drei Stufen, die gut mit dem Rollstuhl überbrückt werden konnten. Neben der Küche war der kleine Wintergarten, in dem Kakteen und Ähnliches standen. Darin befanden sich nur wenige Möbelstücke: ein Tisch mit vier Stühlen, ein Kanapee und eine kleine Vitrine. Besonders an Winter- und Regentagen liebte M. D. diesen Wintergarten.

Das Wohnzimmer, in dem sich *Fifi* befand, war weit davon entfernt und konnte nur über viele Treppenstufen erreicht werden.

Die Besuche wurden zur Selbstverständlichkeit. Je nach Wetterlage wurde Wintergarten oder Garten bevorzugt.

Die Besuchstage waren kurzweilig. Zuweilen spielten sie Skat. Dieses Spiel machte anfangs der Putzhilfe große Schwierigkeiten. Sie wurde häufig rot, dann zeigten sich in ihrem Gesicht die weißen Flecken.

An manchen Besuchstagen waren die Betreuerin und die Putzhilfe nicht anwesend. Wenn es das Wetter zuließ, fuhr M. D. Madame Vuillard im Rollstuhl spazieren. Dabei sprachen sie sehr wenig. Sie gingen ihren Gedanken nach.

M. D. dachte darüber nach, wie *Fifi* sein Leben und das Leben von Madame Vuillard veränderte. *Fifis* Kommen war ein Zufall, aus dem er einen glücklichen machte. Er beschwindele immer noch Madame Vuillard, aber nur zum Besten aller. Sein Tun sei somit nicht nur entschuldbar, sondern lobenswert. Bei diesen Überlegungen brachte er sein Inneres, das eine Schräglage bekommen hatte, wieder ins Gleichgewicht.

Fifi kam nicht mehr hinter Schloss und Riegel, sie blieb aber auf Distanz. Sie mochte das laute Reden und Lachen nicht. Madame Vuillard bat häufig darum, *Fifi* zuliebe – sie hatte sich zwischenzeitlich an diesen Namen gewöhnt – nicht zu laut zu sein.

Eines Abends, als M. D. den Rollstuhl mit Madame Vuillard über die drei Stufen nach draußen brachte, sah sie in der Ecke den Katzenkorb liegen. Ihr trauriger Blick entging M. D. und seiner Putzhilfe nicht. Später, als beide alleine waren, drehte sich ihr Gespräch nur um diesen traurigen Blick. Beiden tat Madame Vuillard leid.

Im Wintergarten war es still. M. D. schaute nachdenklich aus dem Fenster, den vorbeiziehenden Wolken nach.

Die Putzhilfe war im Begriff, zu gehen. M. D. fragte an der Türe, wie sie darüber denke, wenn er Madame Vuillard einen kleinen Hasen oder ein Meerschweinchen schenken würde. Sie war erstaunt und sagte, dass Hasen oder Meerschweinchen stille Tiere wären. So etwas sei nicht das Richtige für Madame Vuillard. Diese säßen nur in ihrem Ställchen und würden vor sich hin vegetieren. Dies könnte Madame Vuillard depressiv machen. Ein Vogel müsse es sein. Das wäre das Richtige. Vielleicht ein singender Kanarienvogel in einem schönen Käfig?

Sofort war M. D. hellauf begeistert. Dann aber meinte die Putzhilfe, ob man bei diesem Geschenk nicht an einen Tausch Vogel gegen *Fifi* denken könnte?

M. D. stöhnte leise. Es trat eine Pause ein. Dann aber war er wieder voll da und sagte, alles im Leben sei eine Sache der Verpackung. Er habe schon einen Plan im Kopf. Die Idee mit dem Vogel sei ein Volltreffer. Die Begeisterungsfähigkeit von M. D. war geweckt.

Schon am nächsten Tag suchte er eine Tierhandlung auf. In diesem Laden war allerhand los. Von allen Seiten schauten ihn die Tiere an, als wollten sie ihn fragen, ob er sie in seinen Garten mitnähme.

Der Inhaber war ein kleiner dicker Mann mit Watschelgang. Er begrüßte M. D. freundlich und fragte ihn nach seinen Wünschen.

Er wolle einen Kanarienvogel kaufen, der fleißig singe. Aber schön müsse er auch sein. M. D. schaute sich um. Er fand alle Vögel schön und hatte die Qual die Wahl. Bei den Käfigen war es anders. Das Wohnzimmer von Madame Vuillard war geräumig und hell tapeziert. Dazu passend wollte er einen schönen Käfig finden. Einen großen weiß lackierten sah er im Schaufenster hängen. Dieser gefiel ihm sehr. Er kaufte ihn, ohne auf den Preis zu sehen.

Welchen Vogel er sich im Käfig wünsche, fragte der Händler. Ein Kanarienvogel sollte es sein, vergewisserte er sich noch einmal.

In einem Gehege flatterten viele Vögel herum. Der Händler schaute M. D. fragend an. Dieser wollte den Kauf hinter sich bringen und bat den Händler, sich irgendeinen zu schnappen. Vogel ist Vogel. Es kam ein kleiner struppiger Vogel in den Käfig, der gleich anfing zu zwitschern. M. D. fand ihn lustig und war zufrieden. Der Händler hatte einen noch jungen Vogel erwischt.

Nun wurde der Händler gesprächig. Zwischenzeitlich hatte er erkannt, dass M. D. nicht auf den Euro schaute. Er deutete auf den Käfig und meinte, in diesem Käfig hätten zwei Vögel Platz. Schon in der Bibel stehe geschrieben, es sei nicht gut, alleine zu sein. Der Händler lachte und zeigte seine schlechten Zähne.

Es handele sich hier um ein Geschenk für eine ältere Dame. Zwei Vögel wären zu laut, erklärte M. D.

Alles Gewohnheitssache, meinte der Händler. Dann deutete er auf einen fetten Hamster. Dieser, meinte er, würde keinen Ton von sich geben.

Aber dafür würde er sicher miefen und daran könne man sich schlecht gewöhnen, gab M. D. zurück.

Alles eine Sache der Hygiene, war die Antwort des Händlers. Urplötzlich machte dieser große Augen. Es wurde ihm bewusst, dass er beim Verkauf eines Hamsters weniger Gewinn machte als beim Verkauf eines Käfigs mit Vogel. Er kam hartnäckig wieder auf den zweiten Vogel zu sprechen und wurde aufdringlich.

M. D. atmete tief durch. Dann schaute er nachdenklich auf den Boden und sagte, es sei vielleicht für eine ältere Dame zweckmäßiger, ihr ein schönes Plüschtier zu kaufen. Dieses mache keine Arbeit, sei ruhig und miefe nicht.

Das Gesicht des Händlers wurde ernst. Wahrscheinlich sah er seine Felle davonschwimmen und dachte: Lieber einen Vogel in der Hand als zwei auf dem Dach.

Er lief so schnell er konnte zu einer Kiste und holte aus ihr eine Vogelschaukel und einen kleinen Spiegel. Beides befestigte er im Käfig. Strahlend sagte er zu M. D., das sei eine Gratiszugabe. Dann legte er ein Plastiktuch über den Käfig und machte die Rechnung. Der Händler und M. D. verabschiedeten sich so freundlich, wie sie sich kennen gelernt hatten.

M. D. fuhr vorsichtig nach Hause. Das Radio blieb aus. Der Struppige auf dem Rücksitz gab den Ton an.

Fifi hatte gleich den flatternden Vogel im Käfig entdeckt. Es brauchte seine Zeit, bis die Putzhilfe sie eingefangen hatte. Widerstrebend wurde sie ins Wohnzimmer hinter Schloss und Riegel gebracht. Im Wintergarten kam der Käfig auf den Tisch. M. D. und seine Putzhilfe saßen sich gegenüber, den Käfig in der Mitte. Sie bestaunten den Vogel wie zu Weihnachten den Weihnachtsbaum. *Pierre* hieß der Vogel. Wer von den beiden auf diesen Namen kam, ist nicht mehr nachvollziehbar.

Pierre rutschte einmal ungeschickt von der Schaukel. Es entstand schallendes Gelächter. M. D. meinte, dieser Kerl müsse schnell wieder aus dem Hause, bevor man sich an ihn gewöhne.

Pierre kam in Schutzhaft. Er kam im Obergeschoss in ein kleines Zimmer. Es war das Gästezimmer und hatte ein großes Fenster. Sein Zwitschern konnte man auf dem Flur hören. *Fifi* bewegte ständig ihre Ohren. Oft saß sie längere Zeit vor der Türe und ergötzte sich am Vogelgesang.

Es war Abend geworden. M. D. war allein. Er schenkte sich ein Glas Burgunder ein. Mit dem Glas in der rechten Hand lief er mit langsamen Schritten auf dem Flur hin und her. Die linke Hand hatte er auf den Rücken gelegt. M. D. dachte nach. Er war wieder ganz Stratege. *Fifi* begleitete ihn. Von oben war leise das Zwitschern von *Pierre* zu hören.

Er kam zu dem Schluss, Madame Vuillard werde Verständnis haben, dass *Pierre* zu seiner eigenen Sicherheit aus dem Haus müsse. Er könne aber seinen kleinen Freund nicht an irgendjemanden abgeben. Auch möchte er ihn immer mal wieder sehen dürfen. Sein Konzept war, alles müsse sich aus der Situation ergeben. Er würde deshalb Madame Vuillard knallhart mit *Pierre* konfrontieren. M. D. fing leise an zu pfeifen und ging in die Kneipe.

Am anderen Morgen brachte die Putzhilfe einen Apfelkuchen. Es war Besuchstag.

M. D. begrüßte sie und begann sofort über *Pierre* zu reden, den er heute Madame Vuillard andrehen wolle. Er sprach ruhig und gab sich selbstsicher. Darin sah er wiederum eine Gelegenheit, ihr zu imponieren. Sie schaute ihn an, als wollte sie sagen, es gäbe immer Probleme. Sie wirkte nervös. Das reizte M. D. noch mehr, den Macher zu spielen. Er sagte, diese Angelegenheit würde er im Alleingang erledigen. Sie dürfe sich nicht zum Mitreden verleiten lassen. Als gute Katholikin wolle er sie nicht in Gewissensnot bringen. Er erlaube ihr lediglich das Nicken mit dem Kopf. Sie lächelte mit gemischten Gefühlen. M. D. hatte den Eindruck, sie vertraue ihm.

An jenem Tag war der Himmel bewölkt. Es wehte ein leichter Wind und es konnte zum Regnen kommen. Dabei war es schwül. Ein Tag für den Wintergarten.

Gut gelaunt und mit einem prickelnden Gefühl im Magen fuhr M. D. zu Madame Vuillard. Das Radio blieb aus. Er war mit seinen Gedanken beschäftigt. Dabei erinnerte er sich, dass Madame Vuillard einmal erwähnte, sie habe nachts einen schlechten Schlaf. Seit sie wöchentlich mehrmals an die frische Luft käme, könne sie besser schlafen. *Pierre* war kein „Nachtwächter". Er gab nachts keinen Piepser von sich. Also war er genau das Richtige für Madame Vuillard. Es lohnte sich, ihn ihr anzudrehen. M. D.

kam sich vor wie ein Sendbote, der einen von höchster Stelle befohlenen Auftrag ausführen müsse.

Madame Vuillard saß abholbereit im Rollstuhl. Auf ihrem Schoß hatte sie ein Netz mit Katzenfutter. Die Betreuerin war an jenem Nachmittag nicht dabei. Der abergläubische M. D. dachte sofort, dies müsse vielleicht so sein.

Die Fahrt war schön wie immer. M. D. hatte schon lange erkannt, dass Madame Vuillard leidenschaftlich gerne mit dem Auto fuhr. Wenn die Betreuerin nicht dabei war, wählte er übertriebene Umwege. Auch fuhr er einmal sehr langsam an jenem Gymnasium vorüber, in dem Madame Vuillard einst unterrichtete. Darüber freute sie sich ganz besonders und erzählte bis die Fahrt zu Ende war von früheren Zeiten.

Mit aufheulendem Motor fuhr M. D. auf sein Grundstück. Die Putzhilfe stand schon bereit. In ihrem Gesicht waren wieder Ansätze von weißen Flecken zu sehen. *Fifi*, die zu Madame Vuillard und ihrer Begleiterin immer zutraulicher wurde, stand neben ihr. Sie hatte längst erkannt, dass dieser Besuch für sie immer etwas Gutes mitbrachte. Es wurde also Zeit, etwas zu unternehmen. Zwar hatten M. D. und seine Putzhilfe den Eindruck, Madame Vuillard habe die neue Bleibe von *Fifi* akzeptiert, aber würde Madame Vuillard einmal bettlägerig werden und um *Fifi* bitten, dann könne man ihr diese Bitte unmöglich abschlagen. Für einen Augenblick wurde M. D. leichenblass.

Mitunter überkam M. D. vor Wichtigem im Leben eine plötzliche Ruhe. Sie war einfach da. Es war eine brauchbare Veranlagung, für die er schon sehr oft dankbar war. Keine Spur von Nervosität war ihm anzumerken. Diese Gelassenheit übertrug sich auf die Putzhilfe.

Im Wintergarten war eine gemütliche Atmosphäre. Madame Vuillard hatte M. D. ein Buch von Balzac geschenkt. Er war einer ihrer Lieblingsautoren. Sie las daraus vor. Ihre sympathische Stimme, die einmal höher oder tiefer lag, gab ihrem Vorlesen etwas Melodisches. Sie verstand es, den Inhalt des Buches bildhaft zu vermitteln. An manchen Stellen legte sie kurze Pausen ein, um über Verstecktes im Text nachdenken zu können.

An einer spannenden Stelle stand M. D. plötzlich erschrocken auf und entschuldigte sich damit, er müsse schnell nach *Pierre* sehen. Madame

Vuillard klärte er kurz auf, dass es sich bei *Pierre* um einen Kanarienvogel handele, den er oben in der Dachkammer versteckt halte. Madame Vuillard legte Balzac auf den Tisch und schaute M. D. etwas verwundert an. Es ginge leider wegen *Fifi* nicht anders, suchte er sich zu entschuldigen und zuckte mit seinen Schultern. Dann spielte er den Nervösen und ging hoch zu *Pierre*.

Gelassen kam M. D. mit dem Käfig in der Hand in den Wintergarten zurück. *Pierre* sei noch nicht ganz wach, sagte er. In der Dachkammer sei es sehr dunkel, deshalb würde er sehr viel schlafen. Mit Absicht hielt er den Käfig ziemlich hoch. *Fifi* machte Männchen. Er bat seine Putzhilfe, *Fifi* in das Wohnzimmer hinter Schloss und Riegel zu bringen.

Der Käfig stand auf dem Tisch. *Pierre* präsentierte sich dem Publikum. Dabei benahm er sich wie ein Zirkusclown in der Manege. Er begeisterte alle. Immer wenn *Pierre* gut geschlafen habe, sagte M. D., sei er besonders gut aufgelegt. *Pierre* hatte Balzac die Show gestohlen.

Am späten Nachmittag kündigte M. D. an, er werde *Pierre* wieder in sein Verlies bringen. Resigniert bedauerte er, *Pierre*, der – wie man sehe – gerne unter Leuten sei, könne man leider nicht im Wintergarten belassen. Alle zeigten sich betroffen. Im Wintergarten wurde es still. Niemand sprach. Nur *Pierre* trillerte und schaukelte unentwegt.

Jetzt war der Augenblick gekommen. M. D. schaute zur Decke. Seine Putzhilfe hatte ihre Augen auf den Boden gerichtet. Es wurde spannend. Einen Moment kam sich M. D. hilflos vor. Diese Unsicherheit ließ seinen Worten freien Lauf, somit wirkte nichts inszeniert, sondern absolut ehrlich.

Nachdenklich sagte er, soeben sei er auf eine geniale Idee gekommen. Dabei sprach er nicht Madame Vuillard an, sondern seine Putzhilfe. Fragend sagte er zu ihr, *Pierre* wäre doch ein guter Zimmerkamerad für Madame Vuillard. Die Putzhilfe tat, was ihr erlaubt war. Sie nickte.

Madame Vuillard zeigte sich sichtlich überrascht. M. D. blieb am Ball. Er ereiferte sich für seine geniale Idee, bis Madame Vuillards Augen zu leuchten begannen. Seine Liebenswürdigkeit hätte es auch Madame Vuillard fast unmöglich gemacht, *Pierre* abzulehnen, selbst wenn es sich um ein Krokodil gehandelt hätte.

Pierre ging wieder auf Reisen. M. D. hatte das Abdecktuch über den Käfig gelegt. Zur Begleitung fuhr die Putzhilfe mit. Sie saß hinter Madame Vuillard und hatte den Käfig neben sich gestellt. Madame Vuillard konnte somit zum Käfig schauen. *Pierre* zwitscherte und schaukelte wie immer. Von der Abdeckung des Käfigs ließ er sich nicht beeindrucken. Er zeigte keine Ermüdung. Noch nie hatte Madame Vuillard im Auto so viel gelacht. Es kam bei ihr Freude auf und sie schien glücklich darüber, *Pierre* bekommen zu haben.

Im Wohnzimmer kam der Käfig auf das kleine Tischchen, auf dem einmal sein Blumenstrauß stand. Dann aber wurde es für M. D. peinlich. Madame Vuillard suchte in ihrer Geldbörse nach Geldscheinen. M. D. ließ Luft ab und dachte, das würde er auch noch überstehen. Sein Gesicht war rot angelaufen. Er drückte ihre Hand mit den Geldscheinen in das Portemonnaie zurück. Er erinnerte sich an frühere Überlegungen und sagte, um *Pierre* von seinem trostlosen Dasein zu erlösen, hätte er ihn an irgendjemanden auf Nimmerwiedersehen verschenken müssen. Ihrer Großzügigkeit sei es zu verdanken, dass er ihn immer wieder sehen könne. M. D. zeigte sich tief bewegt.

Aber der schöne Käfig, erwiderte Madame Vuillard, den möchte sie wenigstens bezahlen dürfen. Dieser sei doch sicher teuer gewesen. M. D. winkte ab. Der Käfig sei zwar gut erhalten, aber schon alt. Madame Vuillard lächelte. Sie dankte mit ihren Augen. Eine lebenslange Freundschaft war besiegelt.

Es war ein anstrengender Tag für M. D. gewesen. Seine Putzhilfe sah müde aus und war schweigsam. Er wollte sie aufheitern und meinte, jetzt, wo *Pierre* nicht mehr im Hause sei, müsse sie sich mit seinem Vogel begnügen, und tippte sich mit seinem Finger lachend an die Stirn. M. D. befand sich in Hochstimmung.

Es kam sehr selten vor, dass er mit seiner Putzhilfe allein im Citroën fahren konnte. Er bedauerte, keine Umwege fahren zu können. Sie kannte die direkte Strecke. Am liebsten wäre er mit ihr drei Mal um Paris gefahren.

Beim Abschied bedankte er sich bei ihr sehr herzlich für ihre Mitarbeit und meinte, sie sei eine gute Komplizin gewesen.

Hinter seinem Häuschen stand eine kleine Bank. Dort war sein Lieblingsplatz. Er setzte sich darauf und nahm *Fifi* auf seinen Schoß. Zwischen den Giebeln der Nachbarhäuser stand glutrot die untergehende Abendsonne. Er genoss den Übergang des Abends zur Nacht und wartete auf die Sterne. In jener milden Nacht saß er sehr lange dort. Er schaute immerzu staunend hoch zu den Sternen, bis seine Seele erwachte. Wer beim Sehen nicht staunen kann, sieht nicht.

Im Garten und im Häuschen gab es noch viele schöne Monate, *Fifi* gehörte endgültig dazu.

Madame Vuillard kaufte *Pierre* eine Freundin. Sie setzte die Weisheit des Tierhändlers in die Tat um. *Pierre* war kein Einzelgänger mehr.

An einem Nachmittag im Januar, der für diese Jahreszeit sehr mild war, wollte M. D., wie verabredet, Madame Vuillard abholen. Oben an der Aufzugstüre kam ihm die Betreuerin mit verweinten Augen entgegen. Der Körper von M. D. verkrampfte sich.

Madame Vuillard war in der vergangenen Nacht gegen 2 Uhr an Herzversagen verstorben.

Im Wohnzimmer war eine Verwandte von Madame Vuillard. Sie wirkte gefasst. Der leere Rollstuhl stand in der Ecke. In der Stille hörte sich das Zwitschern der Vögel schrill an.

M. D. war an seiner empfindlichsten Stelle getroffen und schaute auf den Boden. Die Tränen in seinen Augen konnten sich nicht lösen. Sie flossen zur Seele zurück und drohten, sie zu ertränken. Es war grausam.

Die Betreuerin erschien ihm wie eine nahe Verwandte. Der große Schmerz verband.

M. D. war zutiefst erschüttert. Er konnte nur langsam nach Hause fahren. Dann stand er stumm vor seiner Putzhilfe, wie jemand, der mit leeren Händen kam. Es war ein trostloser Nachmittag. Die Putzhilfe schaute im Wintergarten aus dem Fenster und weinte.

Madame Vuillard wurde an einem kalten Nachmittag zu Grabe getragen. Es war eine sehr große Beerdigung. Viele ihrer früheren Schülerinnen und Schüler waren anwesend. Sie war sehr beliebt gewesen.

Langsam schloss sich der Kreis. Seit Langem schon war sich M. D. bewusst, dass seine Putzhilfe erkrankt war. Immer öfter musste sie den Arzt aufsuchen. Er litt sehr darunter. Als Meister der Verstellung versuchte er aber, dies zu verbergen. Sie spürte es. Immer in ihrer Abwesenheit brachte er die Wohnung in Ordnung. Sie ließ ihn gewähren. Einmal hatte sie Tränen in den Augen.

Seine Putzhilfe, dies war seit Langem nicht mehr die richtige Bezeichnung, kam ins Krankenhaus und musste operiert werden. Es ging ihr sehr schlecht.

Bei seinem letzten Besuch sagte sie unter Tränen, die schönste Zeit ihres Lebens habe sie bei ihm in seinem Häuschen und Garten verbracht. Sie bedankte sich für alles, besonders für das wöchentliche Geld für die Kinder. Dann fügte sie hinzu, er solle gut auf *Fifi* aufpassen. In diesem Moment ging die Türe auf, die Ärzte machten Visite und M. D. musste hinausgehen.

Im Flur stand er am Fenster, starrte ins Leere, hinunter in den Hof, in ein dunkles Loch. Es wurde ihm zutiefst bewusst, dass er sie verlieren würde. Dann verlor er die Beherrschung und weinte hemmungslos in sein Taschentuch. M. D. hatte seine Putzhilfe sehr geliebt.

Tief Empfundenes lässt sich nicht in Worte bringen, es hat keine Sprache.

Die Verstorbene wurde in ihrer kleinen Heimatstadt beigesetzt. Am Grab war M. D. nicht unter den Trauernden. Er mied dies immer bei Verstorbenen, die ihm sehr nahe standen. Unweit unter Bäumen wartete er, bis er alleine Abschied nehmen konnte. Er hatte vom Blumenbeet einen schönen Strauß mitgebracht.

Fifi lebte noch viele Jahre. Sie war die Brücke zu einer sehr schönen Vergangenheit.

Als M. D. eines Morgens erwachte, stand *Fifi* nicht wie üblich vor seinem Bett. Es befiel ihn eine schlimme Ahnung. *Fifi* lag tot in ihrem Körbchen. Ihr Körper war noch warm.

M. D. unterdrückte seine Gefühle, auch die plötzlich aufkommende Einsamkeit. Er versuchte, den Abschied eines Weggefährten als unabwendbares Schicksal hinzunehmen. Es gelang ihm nicht.

M. D. legte liebevoll eine Decke über das Körbchen und begrub *Fifi* im Blumenbeet.

Um M. D. wurde es stiller. Er ging immer seltener in die Kneipe. Die Zeit verging langsam, aber stetig. Aus den Gemüsebeeten war wieder Rasen geworden. Nur das Blumenbeet blieb. Auch die sportlichen Aktivitäten von M. D. erlahmten. Warum auch noch?

An einem schönen Herbsttag ging er auf den Friedhof. Seinen ständigen Begleiter, einen Klappstuhl, stellte er am Grab seiner Frau auf. Er fuhr liebevoll mit der Hand über die Lehne. Der Stuhl hatte sich in all den Jahren kaum verändert. Wenn er Kinder hätte, dachte er, könnten sie ihn benützen, vielleicht noch deren Kinder. Etwas, das kein Leben hat, wird älter.

M. D. saß am Grab seiner Frau. Die Sonne schien noch kräftig. Sie wärmte angenehm seinen Rücken und dabei schlief er ein.

In den Abendstunden fanden Friedhofsbesucher M. D. Er lag auf der Grabeinfassung. Der herbeigerufene Notarzt konnte nur noch seinen Tod feststellen. Vermutlich war M. D. im Schlaf vornüber unglücklich auf die Steineinfassung gefallen, was zu einer Gehirnblutung führte und woran er, ohne das Bewusstsein wiedererlangt zu haben, verstarb.

Abschied von Paris

In dem kleinen Hotel wurde nie etwas verändert. Wiederkehrende Gäste waren sofort zu Hause. Die Rezeption lag in gedämpftem Licht, das sich zum privaten Bereich hin im Dunkeln verlor. Auf einem älteren Holzstuhl mit hoher Lehne saß Madame. Daneben stand derselbe Stuhl. Darauf lag ihre schwarze Katze auf einem dunkelgrünen Kissen, von dem nur die Ecken sichtbar waren. Alles war wie immer, nur dass Madame und Katze etwas rundlicher geworden waren.

Madame stand beschwerlich auf. Sie freute sich sehr, Dr. Borg wiederzusehen. Sie schaute ihn etwas verwundert an und gab ihm dabei herzlich die Hand. Sie war es nicht gewohnt, dass er ohne Begleitung kam, stellte aber keine Fragen.

Dr. Borg erahnte ihre Gedanken und sagte, er mache Paris nur einen kurzen Besuch, einen Blitzbesuch von zwei bis drei Tagen. Leider stünde ihm nicht mehr Zeit zur Verfügung. Beide bedauerten dies, zumal in dieser Zeit sehr schönes Wetter war.

Madame gab ihm den Zimmerschlüssel, Zimmer fünf. Es war dasselbe Zimmer, das er immer mit Julia hatte. Madame hatte dies in Erinnerung behalten.

Ja, Julia ... Was ist wohl aus ihr geworden? Es war eine sehr schöne Zeit gewesen. Er verspürte gegen sie keinen Groll, auch nicht ihrem Freund gegenüber. Sie war jung und schön. Die Besitzungen, der Reichtum des anderen hatten sie geblendet. Er wünschte beiden viel Glück.

Langsam ging er wieder nach unten zur Rezeption. Lächelnd bat er Madame um ein anderes Zimmer. Sie sagte nichts. Sie hatte verstanden und gab Dr. Borg einen anderen Schlüssel.

Alle Zimmer dieser kleinen Pension waren sich ziemlich ähnlich. Zwei Zimmer jedoch hatten kleine eiserne Balkone. Dr. Borg hatte zum ersten Mal seit er in dieser Pension logierte ein Zimmer mit Balkon bekommen. Es lag im letzten Stock.

Er war begeistert und ließ seinen Koffer auf den Boden fallen. Dann machte er die beiden Flügeltüren auf und trat an das Balkongeländer. Er ließ seinen Blick rundum schweifen. Dann schaute er hinunter auf den kleinen Platz, der von Häusern in verschiedenen Breiten und Höhen eingerahmt war. Der Platz selbst war durch die Baumkronen fast verdeckt. Es dämmerte bereits.

Unten war ihm alles bestens vertraut. Dasselbe aber von oben zu sehen, war für ihn etwas völlig Neues.

Zwischenzeitlich brannten die Laternen und die Schaufenster waren beleuchtet. Die Bäume wurden von unten angestrahlt. Das Licht drang durch die Baumkronen nach oben und erhellte ihr einheitliches Grün in allen Nuancen, von hell- bis dunkelgrün, ja, bis zum tiefen Schwarz.

Ein kleines Café an der Ecke hatte seine bunten Glühbirnen angeschaltet. Sie setzten farbige Punkte. Eine Musikbox spielte französische Musik. Menschen lachten. Alles kam durch die Baumkronen nach oben.

Dr. Borg war berauscht. Er saß die halbe Nacht auf diesem kleinen Balkon. Sein Paris, das er so liebte, bescherte ihm gleich am ersten Abend ein schönes Erlebnis.

Am anderen Morgen gegen 10 Uhr ging Dr. Borg zur Rezeption hinunter. Bevor Madame ihn etwas fragen konnte, bedankte er sich für das schöne Balkonzimmer. Er habe den Blick auf den kleinen Patz bis spät in die Nacht genossen.

„Die Balkonzimmer", sagte Madame, „haben ihre Liebhaber gefunden." Leider sei er immer zu Zeiten gekommen, in denen sie belegt waren. Es freue sie, dass er diesmal in den Genuss eines dieser Zimmer gekommen sei. Sie lächelte und schlug die Augen nieder. Das tat sie schon immer so. Sie war zufrieden, wenn ihre Gäste zufrieden waren.

Dr. Borg verließ die Pension. Es war hochsommerlich warm. Entsprechend war er angezogen: kurze Hose, kurzärmeliges Hemd und leichte Schuhe. In seiner Umhängetasche hatte er nur das Nötigste. Seinen Fotoapparat, selbst den Stadtplan von Paris ließ er zu Hause. Er wollte wie ein streunender Hund durch Paris gehen und sich unterwegs einfallen lassen, was er noch einmal sehen möchte.

Im gegenüberliegenden Café setze er sich unter einen Sonnenschirm und frühstückte. Gelegentlich kamen einige Passanten vorbei. Auf dem

Platz spielten Kinder. Ein Maler war im Begriff, seine Staffelei aufzustellen. Es war noch ziemlich ruhig auf und um diesen Platz.

Dr. Borg schaute hoch zu seinem Balkon, der war aber von einer Baumkrone verdeckt. Hier in diesem Bezirk, an diesem kleinen Platz könnte er einen vollen Urlaub verbringen. Er beneidete den Maler auf der anderen Seite.

Traumwandelnd ging er in Richtung Seine. Immer wieder sah er Bekanntes und blieb kurz stehen. Diese Stadt hatte ihm nicht nur schöne, sondern auch sehr glückliche Stunden in seinem Leben beschert. Er unterdrückte seine Erinnerungen und die damit verbundenen Empfindungen. Er wollte alles noch einmal, als hätte er es noch nie gesehen, in sich aufnehmen und auf sich wirken lassen.

Vor Notre Dame war der übliche Touristenrummel. Im Moment sehnte er sich nach dem kleinen stillen Platz zurück.

Er ging über eine Seinebrücke und verkroch sich in den Nebenstraßen und Gassen.

Bei Dr. Borg stellten sich wieder die Schmerzen ein. Er konnte sie medikamentös unterdrücken. Oft war er über Stunden beschwerdefrei. Als Arzt kannte er seine schwere Krankheit in jedem Stadium. Es half ihm, illusionslos damit umzugehen.

Überall schaute er sich um. Er lief ohne festes Ziel durch Straßen und Gassen. Es kam ihm vor, als sähe er einen schönen Film über Paris.

Er ging durch Saint-Germain-des-Prés. Es war Mittag geworden, als er sich im Jardin du Luxembourg auf eine Bank setzte. Eine Müdigkeit war über ihn gekommen. Zwischenzeitlich war es heiß geworden. Die Schatten spendenden Bäume brachten eine angenehme Kühlung. Er fühlte sich gut und machte, was viele andere auch taten: Er legte sich auf die Bank. Er wollte nur ein Weilchen ruhen. Fernes Kinderlachen von einem Spielplatz schläferte ihn ein und begleitete ihn noch lange im Unterbewusstsein.

Gegen 15 Uhr erwachte er aus einem tiefen Schlaf. Der fehlende Schlaf der vergangenen Nacht war nachgeholt.

Die sommerlichen Nachmittage und Abende in Paris waren für Dr. Borg immer am schönsten. Sie inspirierten zum Nichtstun, zum Herumschlendern, ins Café oder Bistro zu gehen und Schaufensterauslagen anzusehen.

Vom prunkvollen Gitterportal des Luxembourg-Gartens waren es noch etwa zehn Minuten zum Boulevard du Montparnasse, zum Friedhof Montparnasse. Er liegt am Boulevard Edgar Quinet.

Früher hatte er diesen Friedhof mit Julia besucht. Das war schon lange her. Wie die Zeit vergeht. Zwischenzeitlich wurden dort Sartre und de Beauvoir beigesetzt. Ein Grund mehr, noch einmal diesen Friedhof aufzusuchen.

Dr. Borg ging durch den Haupteingang. Nichts hatte sich verändert. Alles war ihm sofort wieder vertraut: die Totenandachtshäuschen, die Grabmonumente. Er ist ein Friedhof von Paris, der sich nie verändert. Er wird unvergänglich sein, wie die vielen Berühmtheiten, die er aufgenommen hat.

Das Grab von Jean-Paul Sartre und Simone de Beauvoir befindet sich nur wenige Meter rechts vom Haupteingang. Ihr Grab ist mit einer schlichten Grabplatte abgedeckt, auf der ebenso schlicht ihre Namen eingemeißelt sind. Auf der Grabplatte lagen viele beschriebene Zettel mit Steinchen beschwert. Oben rechts lag eine rote Rose, die durch die Wärme welk geworden war. Darunter ein beschriebenes rosafarbenes Blatt Papier. Vorsichtig legte Dr. Borg die Rose zur Seite, nahm das Blatt Papier und las ein Zitat von Sartre: „Das Leben ist eine nutzlose Leidenschaft.“

Das Schriftbild ließ vermuten, dass es ein noch junger Mensch geschrieben haben könnte. Vorsichtig legte er das Blatt wieder zurück und die welke Rose darauf.

Lange stand er vor dem Grab. Ein warmer Wind berührte ihn, er kam und ging. Er kam immer wieder und berührte ihn. Nur dieser kommende und gehende Wind erinnerte ihn an das Leben.

Überall in Paris gibt es Oasen der Ruhe, einen Kontrast zu dieser lebendigen Stadt. Friedhof Montparnasse ist eine solche Oase.

Dr. Borg war unschlüssig geworden. Von seinem Vorhaben, noch andere Gräber aufzusuchen, war er abgekommen. Mit langsamen Schritten verließ er den Friedhof.

Ohne seine Umwelt groß wahrzunehmen, lief er ohne festes Ziel durch Straßen und Gassen, bis er vor einer Kirche stand. Er kannte sie nicht.

Sie war geöffnet. Er ging hinein. Es war kalt in ihr und er fröstelte. Zum ersten Mal stellte er sich ernstlich die Frage: Gibt es einen Gott? Er konnte sich darauf keine Antwort geben.

Die Kirche empfand er als eine große Gruft, bedrückend. Sie war ihm fremd. Was er in ihr suchte, fand er vor ihr, als er in die Sonne sah.

Das Leben unterliegt einem unergründlichen System. Ist Gott ein System? Religion stimuliert.

Plötzlich sprangen Kinder um ihn herum. Sie holten ihn in die Wirklichkeit zurück. Es wurde ihm wieder bewusst, in Paris zu sein.

Es war die Zeit gekommen, in der Restaurants und Cafés immer mehr Zulauf bekamen. In einer kleinen Stehkneipe trank er hintereinander zwei Whisky-Soda, obwohl er dieses Zeug hasste. Es tat ihm aber gut. Es half ihm auf die Beine. Leichten Fußes lief er in Richtung Seine. Heiterkeit beflügelte ihn. Alles war auf einmal anders. Alles empfand er warm und farbenfroh. Whisky-Soda müsse er sich merken. Seine Mutter fiel ihm ein. Sie sagte hin und wieder zu ihm, er habe zwei Seelen in seiner Brust. Vielleicht?

Er erfreute sich am Wechsel von Licht und Schatten, am Farbenspiel. Das von der Sonne angestrahlte Rot einer Markise faszinierte ihn. In einem Juweliergeschäft brachen sich die Sonnenstrahlen an den roten und grünen Schmucksteinen. August Macke hätte seine helle Freude daran gehabt. Alles, was seine Blicke jetzt erfassten, war für ihn schön. Man sollte nur den Augenblick leben.

Er ging hinunter zur Seine. Die Sonne stand jetzt schräg am Himmel. Er lief ihr entgegen. Am liebsten hätte er sie angehalten. Beim Pont Neuf setzte er sich auf den Boden. Die Seine schien dort stillzustehen. Ein Papierschiffchen, das sicher ein Kind hineingeworfen hatte, bewegte sich kaum. Er schloss die Augen und ließ sich von der Sonne wärmen.

Mitunter überkamen ihn Empfindungen, die oft durch Unscheinbares ausgelöst wurden. So spürte er plötzlich sein Alleinsein in dieser großen Stadt. Dabei machte er Paris noch größer, sich jedoch immer kleiner bis zur Winzigkeit. Dieses Spiel versuchte er, bis zum Verlorensein zu steigern.

Das Schiffchen hatte sich ihm, vom leichten Wind bewegt, genähert. Es blieb aber auf Abstand. Er konnte es leider nicht herausfischen.

Der Pont Neuf hatte zwischenzeitlich einen längeren Schatten geworfen. Das Papierschiffchen wurde nicht mehr von der Sonne angestrahlt. Es schwamm nun im Schatten.

Für ein Innehalten war nie Zeit gewesen. Er verdrängte es, obwohl er ahnte, dass hierfür einmal keine Zeit mehr sein würde. Auch ihn hatte das Leben im Griff.

Er zog Bilanz über seinen ersten Tag in Paris. Er war sehr schön, mit vielen Erlebnissen. Seinen Fotoapparat hatte er nicht vermisst. Er hätte nur gestört. Frei in den Tag hinein wollte er leben, dann zeigt diese Stadt vieles, das man sonst nicht sieht.

Er bekam großen Hunger, seit seinem Frühstück hatte er nichts mehr zu sich genommen.

Er lief zum Pont Notre Dame und über den Petit Pont. In einer Seitenstraße war das Restaurant, in dem er früher öfter mit Julia war. Es war alles unverändert und gut besucht. Leider war zwischenzeitlich das Personal ausgetauscht worden. Er vermisste den kleinen dicken Kellner.

Dr. Borg hatte Glück, ein kleines Tischchen für zwei Personen war am Fenster frei geworden. Er hatte das Tischchen für sich alleine. Ein Idealfall.

Zu Rotwein bestellte er eine Fischplatte. Diese war früher immer sehr gut. Ja, früher, dachte er. Es kam keine Wehmut auf. Hierüber war er sehr froh. Vielleicht war alles Bestimmung?

„Essen und trinken hält Leib und Seele zusammen" – diesem Sprichwort konnte er nur beipflichten. Er aß, wie es in Frankreich üblich ist. Nach diesem und jenem kam zum Schluss Fromage.

Diese Langzeitbeschäftigung machte durstig. Was wäre auch das beste Essen ohne Wein?

Draußen war es dunkel geworden. Passanten huschten am Fenster vorbei. Sie verdeckten immer wieder für kurze Zeit die vielen bunten Lichter. Die Pariser Nacht lockte ihn, aber er schob das Weggehen immer wieder hinaus. Ihm gefiel es in seiner Ecke beim Wein und er fühlte sich dort geborgen.

Nach dem Bezahlen stand er auf, musste sich aber gleich wieder setzen. Ein Pariser Nachtbummel war nicht mehr drin. Er bat den Kellner, er möge ihm ein Taxi bestellen.

Draußen vor dem Restaurant erfrischte ihn die kühle Nachtluft. Er wurde wieder unternehmungslustig. Es war aber nur ein Strohfeuer.

Beim Einsteigen nannte er dem Chauffeur sein Hotel. Er bat darum, zuvor noch eine Stunde kreuz und quer durch Paris gefahren zu werden. Im Taxi schlief Dr. Borg jedoch sofort ein. Sein Kopf hing weit vorne über. Der Chauffeur fuhr ihn fairerweise umgehend zum Hotel. Er bekam ein großzügiges Trinkgeld, das ihn veranlasste, seinen Fahrgast ins Hotel und noch in sein Zimmer zu bringen. Alles geschah lautlos. Madame war nicht an der Rezeption. Die Katze lag schlafend auf ihrem Kissen.

Er schlief sofort ein. Gegen Morgen hatte er einen schrecklichen Traum. Er träumte, er stünde in einem kleinen Schacht mit hohen Wänden, aus dem es kein Entrinnen gab. Das Wasser stieg langsam und unaufhaltsam nach oben und er drohte zu ertrinken. Schweißgebadet erwachte er. Zwischen Traum und Wirklichkeit schrie er, er wolle nicht qualvoll ertrinken. Völlig benommen saß er in seinem Bett. Langsam wurde sein Kopf klarer. Die Terrassentür stand offen. Die kühle Morgenluft tat ihm gut. Er begann, über diesen Traum und seine Krankheit nachzudenken. Qualvoll würde er nicht sterben, das beruhigte ihn. Noch nie konnte er so gefasst über alles nachdenken wie in diesen frühen Morgenstunden.

Als das Schlimmste an seiner Krankheit empfand er das Wechselspiel zwischen tiefer Depression und dem Glauben an ein Wunder. Seine Gedanken bewegten sich zwischen Hoffnung und Verzweiflung. Er suchte nach Ablenkung und Entspannung. Das bestimmte auch seine Kurzreise nach Paris. Sehr langsam akzeptierte er sein Schicksal. Er nahm es an.

Könnte er problemlos durch das Leben gehen, wäre er vielleicht ein Durchläufer. Sicherlich das kleinere Übel.

Sein ständiges Grübeln hatte ihn an eine Mauer herangeführt und diese durchbrochen. Er war in Bereiche einer für ihn bisher unbekannten Gefühls- und Gedankenwelt eingedrungen. Vielleicht war dies eine Entschädigung des Schicksals?

Er schlief noch einmal ein. Erst gegen 10 Uhr erwachte er. Etwa fünf Stunden hatte er traumlos durchgeschlafen. Jetzt fühlte er sich gestärkt. Der schreckliche Traum war verflogen – vergessen. Er hatte nicht die geringsten Kopfschmerzen. Der getrunkene Wein war sehr gut. Er verspürte das Bedürfnis, am Abend noch einmal in dieses Restaurant zu gehen. Aber würde dann wieder ein kleines Tischchen frei sein? Gerade das kleine Tischchen am Fenster hatte diesen Abend so schön gemacht. Nun, es ist noch lange nicht Abend, dachte er.

Er ging auf den kleinen Balkon. Die Sonne war noch von den Häusern verdeckt. Es war wieder ein wolkenloser Himmel. Er verknipste einen Film. Mit Tele- und Weitwinkeleinstellungen blieben kein Haus, kein Baum oder Eckchen des Platzes verschont. Dann schaute er zu dem kleinen Café hinunter und bekam Hunger.

Es hatte für ihn ein neuer Tag begonnen. Ein neues Spiel. Gut gelaunt ging er die Treppe hinunter. An der Rezeption lag die Katze auf ihrem Stuhl. Sie schlief, wie immer. Die Türe zum Privatbereich stand offen. Im Hintergrund sprach Madame mit einem Monsieur und somit konnte Dr. Borg ohne sich unterhalten zu müssen das Hotel verlassen.

Im Café stärkte er sich mit einem kräftigen Frühstück, dabei sah er dem Treiben auf dem Platze zu. Schräg gegenüber, vorne am Platzanfang, hinter einem kleinen Vorgarten versteckt, erblickte er ein Restaurant, das ihm nie aufgefallen war. Spontan entschloss er sich, in diesem Restaurant seinen letzten Abend in Paris zu verbringen. Morgen würde er im Flugzeug sitzen, dann würde alles vorbei sein.

Er überlegte, was er an seinem letzten Tag in Paris unternehmen solle. Musée d'Orsay fiel ihm ein, in dem einige seiner Lieblingsbilder ausgestellt sind. Dieses Museum wollte er noch einmal besuchen. Ansonsten wollte er wieder – wie gehabt – in Paris herumstreunen.

Er fuhr mit der Metro zur Station Châlet les Halles. Paris war schon lange erwacht. Überall war hektisches Gedränge.

Mit den Menschen strömte er aufwärts, dem Ausgang zu, dabei fühlte er sich wie in ein Korsett gedrängt. Oben war ein Kommen und Gehen, dazwischen stand Dr. Borg und blinzelte in die Morgensonne. Die Freiheit gehört mit zum Schönsten dieser Welt und er machte sich Gedanken, in welche der vier Himmelsrichtungen er gehen wolle.

Es zog ihn zur Seine. Dort setzte er sich auf eine Bank und freute sich über die immer wärmer werdende Sonne. Ein Tourist mit Hund kam vorbei. Er schien es nicht eilig zu haben. Dr. Borg stand auf und lief ihnen mit Abstand nach.

Der Hund war ein mittelgroßer Mischling, der, ohne an der Leine zu ziehen, anständig mitlief. Es war ihm nicht entgangen, dass ihnen jemand auf den Fersen war. Immer wieder schaute er sich misstrauisch um. Dann schwänzelte er plötzlich mit seinem kurzen Stummelschwanz. Dr. Borg war ihm also nicht unsympathisch.

Der Tourist war groß, kräftig und etwa dreißig Jahre alt. Er war mit einem vollgepackten Rucksack unterwegs und hatte eine gute Kamera umhängen. Vielleicht war er Fotograf? Vielleicht gehörte er zu den Besitzlosen, die freier leben?

Dr. Borg vergrößerte seinen Abstand, um den Hund nicht nervös zu machen. In Gedanken befasste er sich mit diesem Touristen. Vielleicht konnte er mit seinem Hund längere Zeit auf Wanderschaft bleiben? Dann wäre er zu beneiden. Sein vollgepackter Rucksack ließ vermuten, dass er Schlafsack und dergleichen bei sich hatte und somit überall, wo es ihm gefiel, übernachten konnte. Sein Hund würde ihn beschützen. Dr. Borg erinnerte sich an seinen Mathematiklehrer, der ihn früher immer mal wieder einen Träumer nannte.

Auf der linken Seite stand groß der Eifelturm. Dr. Borg war den beiden zu lange hinterhergelaufen. Er musste über die nächste Brücke gehen und an der Seine ein großes Stück wieder zurücklaufen, um zum Musée d'Orsay zu kommen. Auf der Brücke blieb er noch lange stehen und blickte den beiden nach, bis sie in der Ferne verschwunden waren.

Der Mensch sollte ein zweites Leben leben dürfen, mit den gemachten Erfahrungen seines ersten Lebens. Er würde dann leben wie ein Mensch, der von einer schweren Krankheit geheilt wurde.

Musée d'Orsay, ein ehemaliger Bahnhof, ist ein unvergessliches Stück Paris, in dem sich wunderbare Kunstwerke befinden. Obwohl viele Besucher anwesend waren, war es im Museum ziemlich ruhig. Es wurde wenig gesprochen und wenn, dann in gedämpftem Ton. Man wollte in Ruhe diese Kunstwerke genießen und die anderen sie ebenfalls genießen lassen. Dieses Museum ist ein Kunsttempel.

Beim Betrachten mancher Bilder empfand Dr. Borg, als würde Julia neben ihm stehen. Ob sie manchmal noch an ihn dachte? Sie hatten vieles gemeinsam. Sie hatte ihm die Augen zu dieser schönen Kunstwelt geöffnet. Er wünschte ihr, dass sie ihren Abschluss als Kunsthistorikerin geschafft hatte und alle ihre beruflichen Vorhaben ihr gelingen mögen.

Vor dem Verlassen des Museums kaufte er an der Kasse zwei Bücher und einige Ansichtskarten. Auf der Rückseite einer dieser Karten machte er sich kurze Notizen. Dieser Besuch war für ihn wieder einmal ein großes Erlebnis.

Zum großen Hunger verspürte er jetzt auch große Müdigkeit. Er lief, ohne an etwas zu denken, so vor sich hin. An einer Kreuzung sah er rechts eine Konditorei und auf der anderen Seite ein feines Restaurant. Er schaute ein Mal nach links und dann wieder nach rechts zur Konditorei. Er entschied sich für drei Croissants. Das Restaurant war ihm zu riskant. Er kannte sich zu gut. Sein Geheimtipp, Whisky-Soda, fiel ihm ein. Dieses Zeug hatte ihm am Tag zuvor wieder auf die Sprünge geholfen.

In einer Stehkneipe war sehr viel los. Er wurde sofort von so einer Dame angesprochen. Auch diese Dame bekam zwei Whisky-Soda. Dann verabschiedete er sich wegen dringender Geschäfte.

Jetzt lief er nicht mehr gedankenlos vor sich hin. Paris mit seinem Leben war für ihn wieder voll da.

Langsam wurde es Abend. Die schönste Tageszeit in Paris war im Kommen. Schlendernd lief er zu einer der schönen Brücken und blieb auf ihrer Mitte stehen. Er genoss die Kühlung der leichten Luftbewegung. Dann schaute er auf die Seine hinunter. Das Sonnenlicht spiegelte sich grell in ihrer Mitte. Er kniff die Augen zusammen und ließ die Spiegelung zu schwarzen und hellen Punkten zusammenlaufen, die auf und ab tanzten. Es überkam ihn ein seltenes Glücksgefühl, das nur ganz kurz andauerte. Von unbekannt wurde er urplötzlich gleichzeitig mit warmem Regen und Sonnenschein beschenkt, was ein Samenkorn glücklichen Empfindens aufgehen ließ. Sein letzter Abend in Paris bescherte Dr. Borg Momente des Glücklichseins.

Leichten Fußes und beschwingt lief er zur nächsten Metrostation. Es war Freitagabend und die Metro war überfüllt. Bereits an der nächsten Station stieg er wieder aus. Er wollte ein Taxi nehmen, aber die

Feierabendstimmung der Pariser steckte ihn an und er bummelte dem Champs Élysées entgegen.

Er genoss die Atmosphäre dieser Prachtstraße mit ihren exklusiven Geschäften. Eine elegante Parfümerie hatte ihre Türen weit geöffnet. Aus ihr strömte eine Parfümwolke. Diese Duftwolke stoppte Dr. Borg. Das ist ja eine selten gute Firmenwerbung, dachte er. Whisky-Soda wirkte noch nach und er ging hinein.

Diese Parfümerie war ein Spiegelsalon mit hübschen Verkäuferinnen. Eine faszinierte Dr. Borg augenblicklich. Sie war etwa dreißig Jahre alt, mittelgroß, trug schwarze Haare und hatte eine Traumfigur. Sie war das Idealbild einer Pariserin.

Etwas geblendet ging er bei ihr ins Detail. Er besah sie sich aus der Nähe, so gut dies eben ging, ihre großen schwarzen Augen, ihren schönen Mund, ihre schöne Nase, die etwas Elegantes an sich hatte, und das alles inmitten einer verführerischen Duftwolke. Der beste Champagner der Welt hätte ihn nicht so himmlisch berauschen können.

Der sichtlich verwirrte Dr. Borg benahm sich bei seinen Beobachtungen etwas ungeschickt und das blieb dieser Schönheit nicht verborgen. Sie übersah es mit Gelassenheit. Sicher war sie Ähnliches gewohnt. Sie bediente eine Kundin und zeigte dabei ihren ganzen Charme.

Als die Kundin gegangen war, erwartete Dr. Borg, von ihr nach seinen Wünschen angesprochen zu werden. Stattdessen schaute sie ihn mit ihren schönen Augen an und zeigte ihm ein verständnisvolles Lächeln. Er fühlte sich ertappt und errötete.

Etwas benommen stand er nun vor der Parfümerie. Er ärgerte sich über sein Verhalten, das ihm peinlich war. Dann beruhigte er sich damit, dass es sicherlich den meisten Männern in Anbetracht einer so schönen Frau ähnlich ergangen wäre.

Einige Passanten hatten es eilig und rempelten Dr. Borg versehentlich an. Er ließ sich von ihnen, immer noch an diese schöne Frau denkend, in Richtung Arc de Triomphe mitnehmen. Dort setzte er sich auf eine Bank. Er ließ das Leben dieser Prachtstraße auf sich wirken. Man sollte nur den Augenblick leben, fiel ihm wieder ein. Er verdrängte alles, was ihn bedrücken wollte, auch seine Abreise am darauffolgenden Tag.

Er blieb lange auf der Bank sitzen. Als Augenmensch ließ er sich von der Dämmerung einholen. Er beobachtete das sich stets verändernde Blau und Rot am Abendhimmel und die von vielerlei Lichtern erhellte Prachtstraße. In der Phase des Überganges vom Abend zur Nacht ist der Champs Élysées am schönsten. Die Begabung, sensibel sehen und hören zu können, öffnet die Seele.

Mit dem Taxi fuhr er zu seinem kleinen Platz. Am Vorgarten des Restaurants ließ er sich absetzen. Vorgarten und Restaurant waren voll besetzt. Ganz normal für einen Freitagabend.

Der geschäftstüchtige Wirt war gerade dabei, Tische, Tischchen und Stühle auf den Trottoir zu stellen. Dr. Borg vereinnahmte sofort das letzte Tischchen mit Blick auf den Platz.

Vom Café drang Musik herüber. Eine Ein-Mann-Kapelle spielte französische Melodien. Es kam Stimmung auf. Es schien, als hätten sich alle Anwesenden die ganze Woche auf diesen Abend gefreut. Am Nachbartisch saß eine lustige Gesellschaft, der noch ein Tisch beigestellt wurde. Dr. Borg, hilfsbereit wie er war, bot sofort seine beiden freien Stühle an. Damit ermöglichte er sich, für den restlichen Abend alleine ein stiller Genießer zu sein.

Dieser kleine Platz mit seinem fröhlichen Lärm, mit seinen bunten Lichtern, zu denen immer neue hinzukamen, bot einen eigenartigen Reiz, eine Atmosphäre, die alle Sinne wach werden ließ. Es war einer jener kleinen Plätze von Paris, deren alte Häuser, Bäume, Pflastersteine unverändert geblieben waren und die Zeit überdauerten. Mit etwas Fantasie kann man sich dort in Zeiten zurückversetzen, als noch die Frauen mit langen Kleidern, großen Hüten und die Männer mit Zylindern umhergingen. Man kann sich die ankommenden und wieder wegfahrenden Pferdedroschken vorstellen und sogar die Hufschläge der Pferde hören. Diese Kulisse macht es möglich.

Dr. Borg hatte bereits ein Glas Wein getrunken, als ihm sein Essen serviert wurde. Verschiedenes vom Grill mit Beilagen. Sein Hunger schien Augen zu haben und steigerte noch seinen Appetit. Er nahm sich zum Essen, das vorzüglich schmeckte, viel Zeit.

Vor dem Café gegenüber wurde getanzt. Manche Paare tanzten auf dem kleinen Platz. Die Hektik des Tages hatte sich gelegt. Alles lief langsamer ab. Für die meisten Anwesenden hatte das Wochenende begonnen. Überall wurde gelacht. Die Fenster der Häuser waren helle stumme Farbflecken in verschiedenen Nuancen und Größen. Ihr Licht bekam nur Leben, wenn es durch die leicht bewegten Blätter der Bäume drang. Dr. Borg wollte dies alles bei gutem Wein genießen, den leichten warmen Wind spüren und die in der Luft schwebenden Düfte riechen.

Zwischenzeitlich war es spät geworden. Auf dem Platz wurde es langsam stiller. Dr. Borg lehnte sich zurück und trank den vom Wirt spendierten Digestif. Nachdem er bezahlt hatte, blieb er weiterhin sitzen. Er schaute den Verliebten nach und atmete das verführerische Parfüm der Frauen ein.

Dr. Borg war in den besten Jahren. Er war 38 Jahre alt. Sein Körper wehrte sich immer wieder gegen seine Krankheit – und nicht nur sein Körper.

Beschwipst und in guter Laune stand er auf. Er sah sich noch einmal überall um und lief dann die kurze Strecke zu seinem Hotel.

Madame mit Katze war zu dieser späten Stunde noch an der Rezeption und erwartete Gäste. Mit einem „Olala Monsieur" begrüßte sie lachend Dr. Borg. Er musste sich mit ihr unterhalten. Sicher wollte sie damit das Warten überbrücken. Bald darauf erschien ein junges Paar und Dr. Borg konnte auf sein Zimmer gehen.

Die Flügeltüren des Balkons standen offen. Die frische Nachtluft tat ihm gut. Auf dem kleinen Tisch stand ein Sträußchen in der Vase. Dr. Borg freute sich sehr über diese Aufmerksamkeit. Er schlief sofort ein und hatte einen traumlosen Schlaf.

An seinem letzten Morgen in Paris war wieder strahlender Sonnenschein. Er ging noch einmal auf den Balkon und schaute hinunter auf den kleinen Platz, auf dem langsam das Leben erwachte. Es kam ihm vor, als hätte er in Paris einen längeren Urlaub verbracht. Keiner seiner früheren Parisaufenthalte war für ihn so erlebnisreich gewesen wie diese beiden Tage.

Dr. Borg ging hinunter zur Rezeption und stellte seinen Reisekoffer ab. Madame kam schmunzelnd aus ihrem Zimmer, schaute Dr. Borg mit Augenaufschlag an und wollte wissen, ob er gut geschlafen habe.

Bis zu seinem Abflug waren es noch fünf Stunden. Er ging hinaus und schlenderte um den Platz, vorbei an Café und Restaurant. Er schaute sich die Auslagen der Läden an. Vor einem Blumengeschäft erinnerte er sich an das Sträußchen von Madame. Spontan ging er hinein und kaufte einen schönen Strauß.

Dann war es Zeit. Er ging zurück, verabschiedete sich von Madame und übergab ihr den Strauß. Sie war überrascht. Dr. Borg winkte ab und meinte, dies sei das Sträußchen aus seinem Zimmer, das über Nacht zum Blumenstrauß geworden sei. Daraufhin bat ihn Madame, er müsse sie bei seinem nächsten Parisbesuch unbedingt früher anrufen, damit sie ihm ein Balkonzimmer reservieren könne. Dr. Borg schaute sie lange an, dann nickte er.

Im Flugzeug hatte Dr. Borg einen Fensterplatz. Er schaute hinüber nach Paris. Der Himmel hatte sich zwischenzeitlich bewölkt. In der Ferne wurde ein weißer Punkt sichtbar. Vielleicht war es Sacré-Cœur?

Er legte seine Stirn an das Bordfenster und presste krampfhaft seine Augenlider zusammen, damit seine Tränen nicht über die Wangen rinnen konnten.